006 프로젝트 진심
사랑을 알려준 너라서

With you, whom I love.

우리의 기록을 담아.

강다현, 뽀또언니, 최혜린,
강선미, 이윤경 지음.

사랑을 알려준 너라서

이 세상의 모든 동물들과,
그들과 함께 살아가는
모든 사람들에게 이 책을 바칩니다.
본 책의 모든 판매 수익금은
유기견 쉼터 <누리마루쉼터>에 기부됩니다.

Writer

강다현 X 구뜨심, 구뜨미 @ddusimddumi

기러기 집사인 남편, '구영리의 뜨거운 심장' 구뜨심 고양이,
'구영리의 뜨거운 미모' 구뜨미 고양이와 살고 있다.
2019년에 울산에 내려와 남편과 가족이 되고,
그 해 5월, 8월에 뜨심이, 뜨미와 가족이 되었다.
고양님들이 아닌 내가 하루만 떨어져도 고양쓰 분리불안을 겪고
있으며, 가끔.. 나를 캔따개 취급하는 고양님들에게 서운하지만
그보다 더 행복한 순간들이 많기에 하루하루가
행복한 고양이 집사이다.

1부

하루하루가 소중해

1 뜨심이와의 첫 만남

이땐 남자친구였던 남편을 따라 인천 생활을 정리하고 울산으로 내려와 한참 적응하던 시기였다. 남편만 보고 내려온 곳이라 아는 사람도 없었고 잠자리가 바뀌다 보니 잘 눌리지 않던 가위도 눌렸었다. 집에 잘 적응하지 못하는 나를 보며 남편이 "고양이 키우고 싶다고 했잖아. 고양이 입양해서 키워보는 건 어때?"라며 반려동물이랑 같이 있으면 집에 쉽게 정붙일 수 있을 것 같다고 했다. 생각을 안 해본 건 아니지만 겁이났다. 혼자 자취할 때부터 고양이를 키워보고 싶었지만, 그때는 야근도 많이 하고 프로젝트를 진행할 때는 월화수목금금금 같은 주를 한 달 넘게 지내기도 했다. 그러한 이유로 내가 반려동물을 키운다면 그건 그 친구에게 못 할 짓이라고 생각했다. 하지만 지금은 내가 늦게 들어와도 돌봐줄 수 있는 남편도 있고 '나 혼자가 아니고 나랑 남편 함께니까 잘 키울 수 있지 않을까?'라는 생각이 들었다.

나는 고양이를 키우게 된다면 꼭 유기묘, 길고양이를 입양해서 키우고 싶었다. 고양이를 키우겠다고 마음먹기 전에는 펫숍 앞을 지날 때 나를 바라보며 창문에 붙어서 반기는 강아지와 고양이를 보면서 '너무 사랑스럽다. 나는 못 데려가지만 누군가가 이 친구들을 데려가겠지..?'라는 생각에 무거운 발길을 돌리며 뭔가 마음 한구석이 시큰거렸다. 하지만 고양이 입양을 알아보면서 많은 펫숍이 강아지나 고양이들을 번식장에서 데리고 온다는 사실을 알게 되었다. 강제로 교배시켜 쉴 새 없이 새끼를 빼내는 공장 같은 곳에서 제대로 관리도 못 받고 부모견, 부모묘와 충분한 시간도 못 보낸 채로 펫숍에 나온다는 사실.. 너무 끔찍했다. 사진과 영상들을 보면서 너무 참담했다. 그래서 더욱이 나는 펫숍 말고 유기묘, 길고양이 친구들을 입양해야겠다고 생각했다. 남편과 나는 울산에서 길고양이를 입양할 수 있는 곳을 찾아서 메일을 보내고 며칠을 기다렸지만, 답장은 오지 않았다. 아마도 이때 당시에는 커뮤니티 사람들이 텃세를 부리는 건가 싶었지만 지금 생각해 보면 '우리가 예비부부였기 때문에 연락이 안 왔던 것 아닐까..'라고 생각한다. 고양이 입양 조건에서 배제되는 조건 중의 하나가 예비부부 or 신혼부부가 있는데 그때 당시에는 그게 왜 배제 조건인지 몰랐지만, 예비부부 또는 신혼부부들이 개인들의 문제로 고양이 파양 사례가 많다는 걸 나중에 알았다.

　그렇게 시간이 흐르고 입양을 포기한 상태로 지내다가 5월 어느 주말에 남편의 직장동료 결혼식에 갔다가 근처 대왕암공원에 들렀다. (tmi. 울산에 지인이 오면 꼭 데려가는 곳이다. 대왕암까지 가는 산책길도 잘 되어있고 바다 위에 있는 바위까지 올라가 볼 수 있는데 정말 멋진 풍경을 만날 수 있다. 울산에 온다면 꼭 가보기를..!) 바다 위를 건너 대왕암에 올라가 바다를 보는 데 정말 멋있었다. 한참을 구경하고 육지로 건너가려고 하는데 사람들이 한곳에 몰려서 무언가를 구경하고 있었다. 나랑 남편도 궁금해서 같이 가봤는데 바위 틈 사이를 깡충깡충 뛰어다니는 고양이들이 있었다. 바로 아래가 바단데 무섭지도 않은지 바위 구석구석을 찾아다니는 고양이가 너무 귀여웠다. 한참을 구경하다가 주차장으로 가면서 나는 계속 "고양이 귀여워.. 귀여운 고양이.. 고양이 키우고 싶다.."라고 중얼거렸다. 남편은 그런 나를 보면서 "그럼 고양이 보러 가자." 하고 차에 타 어디론가 출발했다.

남편이 도착했다며 간 곳은 펫숍이었다. '결국 이 방법밖에 없는 건가..' 싶었다. 내키지 않았지만, 남편을 따라 들어갔다. 작고 소중한 친구들이 많이 있었다. 이 친구들을 보니 이곳에 들어온 것부터가 죄를 짓는 것 같아 마음이 무거웠다. 사장님은 어떤 고양이를 보고 왔냐면서 가격별로 고양이들을 소개해 주셨다. '품종에 따라 가격 차이가 크게 나는구나..'라는 생각과 동시에 회색과 갈색이 오묘하게 섞인 '털뭉치'가 눈에 들어왔다. 다른 친구들과 달리 방묘창 앞에 '할인'이라고 적혀 있었다. 나는 곧바로 사장님께 "왜 이 고양이만 '할인'이라고 적혀 있나요? 어디가 아픈 건가요?"라고 물었고 사장님은 "못생겨서요~"라고 답해주셨다. '너무 이쁘게 생겼는데 어디가 못생겼다는 거지?'라고 생각했다. 그때부터 나는 그 많고 많은 친구 중에 이 갈색 솜뭉치만 눈에 들어왔다. 보고 또 봐도 어디가 못생겼다는 건지 이해할 수가 없었다. 그렇게 우리는 그 작고 소중한 털뭉치 친구를 데리고 집에 왔다.

  돌아오는 길에 이 갈색 털뭉치에게 어떤 이름을 지어줄까 고민하다가 이땐 내가 프로야구팀 중 한화이글스를 응원했었는데 그중 김태균 선수의 별명이 '한화의 뜨거운 심장'이라 해서 '한뜨심'이라고 불렸었다. 그 이름을 따서 그 당시 살았던 동네의 이름을 붙여 '구영리의 뜨거운 심장, 구뜨심'으로 이름을 지어줬다. 나는 나름 너무 잘 지어준 것 같아서 엄청나게 뿌듯해하고 있는데 남편은 이름이 그게 뭐냐고 했다. 지금 생각해 보면 웃기기도 하고, 왜 그런 이름으로 만들어줬을까 싶긴 하지만 아주 유니크하고, 나름 뜻도 있고, 그 누구보다 남편이 제일 애정 하는 이름이다♥

  집으로 오자마자 상자를 열어 뜨심이를 꺼내주었다. 집이 낯설었던지 바로 구석을 찾아 소파 밑으로 숨었었는데, 조그만 털뭉치가 소파 밑, 침대 밑에 숨었다가 장난감을 흔들면 잠깐 얼굴을 보여주고 다시 숨는 모습이 너무 귀여워 나와 남편은 한참을 바닥에 붙어서 장난감을 흔들었던 기억이 난다. 이날이 뜨심이와 우리와의 첫 만남이다.

처음 왔을 때부터 현재까지 구뜨심 성장과정 요약

우리 부부는 맞벌이라서 뜨심이를 두고 출근해야 했는데 '저 작은 솜뭉치가 혼자 밥은 잘 챙겨 먹을 수 있을까? 집에 혼자 있을 때 외롭지는 않을까?' 회사에서 온종일 뜨심이 걱정만 하다가 퇴근하기 바빴다. 지금은 카메라를 설치해서 고양님 들이 보고 싶을 때마다 볼 수 있지만, 그때는 반려동물을 볼 수 있는 카메라가 있다는 것은 알았지만 내가 설치할 거라곤 생각 못 했다.

고양이를 키우기 전에는 친한 언니가 일하다가도 카메라를 켜서 강아지가 잘 있나 확인하는 것을 보고 '저렇게까지 신경 쓰이나? 집에 알아서 잘 있겠지..'라고 생각했었다. 하지만 지 금은 고양이들 말고 내가 분리불안이 있어서 안 보면 너무 걱 정된다. 이제는 그때 그 언니의 마음을 500% 이해할 수 있다.

안 그래도 이때 당시에는 이제 막 3개월을 지난 새끼 고양 이고, 출근하는 동안에는 챙겨줄 수가 없으니 더 걱정만 앞섰 다. 생각해 보면 이때가 나의 울산 회사 생활 중 가장 많은 야 근을 했을 땐데 '빨리 끝내고 집에 가서 뜨심이 봐야지!!'라는 생각으로 일하다 퇴근하곤 했다. 야근하고 집에 늦게 들어가는 날엔 뜨심이에게 너무 미안해서 뜨심이가 좋아하는 장난감으로 늦은 시간까지 놀아주는 것으로 나의 마음을 대신했다.

  뜨심이는 이런 나의 맘을 아는지 모르는지 그저 우리가 집에 오면 현관 앞에 마중 나와서 기지개를 편 다음 남편과 나를 졸졸 쫓아다녔다. 회사에서 힘든 일이 있거나 밖에서 안 좋았던 일이 있었어도 집에 들어갔을 때 뜨심이가 마중 나와주면 힘든 것, 안 좋았던 일도 까먹고 하이톤으로 "아구~우리 뜨심이 잘 있었어요? 엄마 왔어요~" 하면서 기분이 좋아졌다. 뜨심이는 우리가 가는 모든 곳을 졸졸 쫓아다니거나, 소파에 가서 앉아있으면 꼭 품에 기대어 자서 앉은 자리에서 못 일어나게 한다던가, 자기보다 큰 가구들에 올라가서 못 내려오겠다고 낑낑대는 모습들을 보면서 하루하루가 행복했다.

  '행복'이란 것은 멀리 있는 게 아니라 이렇게 우리의 보호 아래 뜨심이가 열심히 커가는 모습을 볼 수 있는 게 행복이라고 생각한다. 뜨심이를 어디서 데려왔든 그건 중요하지 않다. 앞으론 우리 품 안에서 사랑만 듬뿍 받으면서 건강하게, 오래오래 함께 했으면 좋겠다.

구뜨심 보시래기 시절

2 뜨미를 데려오다

우리가 출근한 동안 뜨심이가 혼자 멀뚱멀뚱 있는 모습을 상상하니 너무 마음이 아팠다. 물론 뜨심이에게 물어보진 않았지만, 긴 낮에는 혼자 무얼 하면서 시간을 보낼까 걱정이 앞섰다. (나중에 안 사실이지만 고양이들은 하루 평균 16~18시간 정도를 잔다고 한다. 지금도 그렇지만 저 때도 우리 부부가 출근해있는 시간 동안 계속 잠만 잤을 것이다.) 그래서 생각한 방법은 '친구를 만들어주면 덜 외롭지 않을까?'였다. 남편과 수일 동안 상의하고 설득한 끝에 둘째를 입양하기로 결정했다. 적어도 이때까진 내 생각이 뜨심이를 위한 것이라고 생각했다.

이번엔 뜨심이를 데려온 곳 말고 다른 **펫숍**으로 갔다. 펫숍이 위치한 곳은 대학교 번화가 근처였는데 밖에서 보면 내부도 깨끗해 보이고 작은 고양이들도 많아서 아무 의심 없이 들어갔다. 우리는 집에 페르시안 종의 고양이가 있는데 혼자 있으면 외로울까 봐 친구를 만들어주고 싶다고 사장님께 말씀드렸다. 그러자마자 사장님은 많은 고양이 중에 가장 큰 흰색 고양이를 보여주셨다. 내가 "이 친구는 다른 고양이에 비해 많이 컸네요?"라고 물어봤지만, 대답은 얼버무리시곤 같은 페르시안 종이라면서 그 친구를 추천해 주셨다. 손도 잘 탄다고 하길래 조심스럽게 코 인사를 하니 바로 부비부비 하면서 '날 데려가 주세요.'라는 표정으로 나를 쳐다봤다. (뜨미 의견과 상관없이 내 생각 99.99%) 고양이들이 집사를 정할 때 '간택'당한다고 하는 것처럼 이 흰색 고양이 친구에게 내가 간택당한 건가. 이미 나의 눈은 하트 눈(=♥.♥)으로 변해있었다. 한편으론 우리가 아니면 이 친구를 아무도 데려가지 않을 것 같았다. 그렇게 된다면 그다음은.. 생각하고 싶지 않았다. 뜨심이 때와 마찬가지로 그 이후부턴 남편이 다른 고양이들도 보라고 했지만, 이 친구밖에 안 보였다. 그렇게 새하얀 털을 갖고 개냥이 탈을 쓴 고양이는 우리 집으로 오게 되었다.

처음 왔을 때부터 현재까지 구뜨이 성장과정 요약

흰색 고양이와 함께 집에 오면서 어떤 이름을 지어줄까 고민하다가 뜨심이 이름 중에 '뜨'자 돌림으로 해서 '구영리의 뜨거운 미모, 구뜨미'로 지어줬다. 남편은 조금 억지스럽다고 했지만, 이름을 지은 나로서는 아주 만족스러운 이름이었다. (이제서야 말하지만 나도 조금 억지스럽다고 생각했다. 그래도 뜨심이와 어떻게든 비슷하게 지어주고 싶은 마음과 뜨미를 데려올 때 너무 꼬질꼬질해서 '앞으로 사랑받고 이뻐져라~'하는 마음에 미모를 붙여준 것도 있다.) 차 안에서 계속 "뜨미야~ 너의 이름은 뜨미야. 구뜨미!"하면서 계속 불러줬는데 뜨미는 아까의 개냥이 같은 모습은 사라지고 상자 한구석에 숨어있기 바빴다. 뜨심이를 처음 데려올 때도 숨어있었으니까, 지내던 곳이 아니니까 낯설어서 숨나 보다 했다. 이때까지만 해도 우리는 뜨미한테 완벽하게 속았다는 걸 꿈에도 상상 못했다..

아빠... 뽀뽀는 아직 받을 준비가... (단호한 거절)

3 뜨심이와 뜨미의 첫 만남

   집에 돌아와 들뜬 마음으로 뜨미를 뜨심이에게 인사시켜주려고 상자에서 꺼내는데 갑자기 뜨미가 '하---악'하는 소리를 내는 것이다. 처음 듣는 소리였다. 순간 '뭘 들은 거지?' 싶었다. 뜨심이가 관심을 보이며 다가가자 뜨미는 다시 '하----악'이라고 대답했다. 나는 뜨심이가 나의 첫 번째 고양이고, 고양이들도 내가 흔히 아는 강아지들처럼 쉽게 친해질 것이라고 생각했다. 그렇다. 고양이들의 합사에 대해 무지했다. 뜨미를 다시 상자 안에 격리한 뒤 유튜브를 찾아봤던 기억을 살려서 부랴부랴 격리 공간을 만들었다. 뜨미는 데려올 때 개냥이처럼 내 손에 비비고 하길래 나는 안심했다. 뜨심이와 금방 잘 지낼 수 있을 것 같았다. 하지만.. 그것은 나의 큰 착각이었다. 집에 온 뜨미는 맹수처럼 뜨심이에게서 한 번도 못 본 '하악질'을 하면서 관심을 갖고 다가오는 뜨심이를 위협했다. 뜨심이는 아무것도 모르는 얼굴로 계속 뜨미에게 다가가고, 뜨미는 못 오게 하악질하기를 반복했다. '내가 바라던 합사는 이게 아니었는데..'라는 생각에 눈앞이 깜깜했다. 고양이를 처음 키워보는데 합사도 처음이라 어찌해야 할지 몰랐다. 남편과 나는 뜨미가 우리 집에 온 게 오늘이 처음이라 낯설어서 그럴 거라고, '내일은 괜찮겠지?'라는 안일한 생각으로 잠을 청했다.

역시나 '내일은 괜찮겠지'라는 생각은 정말 안일한 생각이었다. 뜨심이는 뜨미 격리한 곳에 들어가 얼쩡거리다가 뜨미한테 하악질, 냥냥펀치 당하고 다시 뜨미한테 다가가기를 반복했다. 나는 퇴근하고 집에 오면 뜨미 격리 공간을 정리하고 뜨심이가 못 들어가게 근처를 지켰다. 새벽에도 한 놈은 영역 침범하고 다른 한 놈은 싫다고 하악질하니 그 앞에서 지키다가 잠도 제대로 못 자고 출근하기 일쑤였다.

하루는 내가 너무 속상하고 힘들어서 남편에게 "괜히 데려왔다. 뜨심이, 뜨미 서로한테 마이너스가 되는 관계일 뿐이다. 뜨심이는 모르는 고양이가 갑자기 나타나서 자기한테 하악질하고, 뜨미는 마치 자기가 뜨심이 보다 원래 이 집에 먼저 살았던 고양이마냥 텃세를 부리고.."하면서 엉엉 울었다. 남편은 시간이 지나면 합사가 잘 될 거라고 위로해 줬지만 너무 속상한 나머지 엉뚱한 남편에게 화를 냈다. "너는 내가 이렇게 노력하는 동안 뭐 했다. 고양이들은 우리 고양이 아니라 '내' 고양이냐. 왜 나만 이렇게 혼자 스트레스 받아야 해?"하면서 쏘아붙였고 남편도 참다 참다 "네가 뜨심이 외로울까 봐 데려오자고 했잖아. 그리고 아직 일주일도 안 지났어. 도대체 왜 그러는거야?"라고 하면서 둘이 한밤중에 말싸움을 벌였다.

사실 이때 내 마음 한구석에는 뜨심이, 뜨미 합사가 잘 안될 것이라고 생각했던 것도 있다. 고양이 합사에 대해 찾아봤을 때 좋은 사례를 보질 못했기 때문이다. 합사에 실패해서 1년이 지나도 격리하는 고양이들, 둘째로 데려온 고양이를 다시 파양한 사례.. 이런 사례들과 실제로 우리 뜨심이, 뜨미가 합사가 안되는 상황을 보고 있자니 더욱이 마음만 급해지고 괴로웠다. '정말 뜨심이와 뜨미를 위해 한 행동이 누굴 위한 행동이었는지.. 나 혼자만의 욕심으로 우리 가족 모두 괴로운 건 아닌지..'라는 생각에 죄책감도 들었다.

그렇게 전쟁 같은 평일을 보내고 회사를 안 가는 주말이 왔다. 평일에 했던 것처럼 뜨미 격리 공간 앞에서 마주 보고 간식을 먹을 수 있게 줬는데 뜨미가 처음으로 뜨심이에게 하악질을 안 하는 것이다. 혹시나 해서 뜨미와 뜨심이를 격리하던

구뜨심, 구뜨미 구하기 어려운 투샷

케이지를 치우고 지켜봤다. 정말 거짓말처럼 둘이 마주 보고 누워서 잠을 자는데 꿈꾸는 것 같았다. 너무 행복하고 사랑스러웠다. 가슴이 벅차올라 기쁨의 눈물이 났다. 총성은 없었지만 하악질과 냥냥펀치가 난무하는 전쟁 아닌 전쟁 같은 일주일이었다. 지금은 서로 장난을 치는 건지, 쌈박질을 하는 건지 온 집 안을 뛰어다니며 술래잡기할 때도 있고 갑자기 와서 냥냥펀치를 때릴 때도 있지만, 서로에게 그루밍도 해주고 낮잠을 잘 때는 꼭 붙어서 자기도 한다. 그런 모습을 볼 때마다 사진 100장 정도 찍고 엄마 미소를 지으며 바라보고 있으면 '행복하다!'라는 생각이 절로 든다.

　이 자리를 빌려 감사 인사를 해본다. 뜨미를 가족으로 받아준 착한 첫째 고양이 뜨심이, 가족이 되어준 이쁜 둘째 고양이 뜨미, 같이 고생한 여보 모두 모두 고마워 사랑해♥

♥ 사이좋은 구뜨심, 구뜨미 ♥

4 뜨심이 첫 입원

뜨심이와 뜨미의 합사가 잘 된 줄 알았다. 둘이 같이 잘 뛰어 놀고, 주는 간식도 잘 먹길래 모든 게 괜찮은 줄 알았다. 뜨미 격리 공간을 없앤 날 남편은 약속이 있어 다른 지역에 가 있었고, 나는 볼일을 보고 집에 돌아오니 저녁이었다. 평소에는 집에 돌아오면 뜨심이가 제일 먼저 마중을 나와주는데 그날은 뜨심이가 보이질 않았다. '자나..? 그래도 도어락 소리 들리면 바로 나오는데 이상하다.'라는 생각으로 뜨심이 먼저 찾았다. 근데 뜨심이가 발을 절면서 캣타워 안쪽으로 숨어버리는 것이다. 고양이들은 아플 때 집사들에게 안 보이고 싶어서 숨어 버린다는 것을 어디서 본 적이 있었는데 딱 그 상황 같았다. 캣타워 안쪽에서 억지로 뜨심이를 꺼내서 상태를 살펴봤다. 뜨심이는 나를 피해 도망 다니는 내내 발을 절고 간식을 줘도 먹질 않았다. 느낌이 좋지 않았다. 나는 바로 24시간 병원을 찾아보고 택시를 불렀다. 뜨심이를 이동 가방에 넣으면서부터 눈물이 나기 시작했다. 왜 하필 이럴 때 남편은 옆에 없는 건지.. 남편이 조금 미웠다.

택시에 타기 전 기사님께 동물 병원에 가는 거라 고양이도 같이 타도되냐고 여쭤봤었는데 흔쾌히 타라고 해주셨다. 내가 병원으로 가는 길에 계속 훌쩍이니까 기사님이 본인도 강아지를 키워서 그 맘 잘 안다고 너무 걱정하지 말라고 위로해주셨다. 너무 감사했다.

그렇게 병원에 도착해 뜨심이 진료를 봤다. 몇 가지 검사 후 뜨심이 상태에 대해 수의사 선생님께서 설명을 해주셨다. 우선 다리를 저는 것에 관련해서 엑스레이를 봤을 때 아무 이상이 없다고 하셨다. 다행이라고 생각하니 안도의 눈물이 났다. 근데 선생님께서 "다리는 괜찮은데 열이 높아서 염증 수치를 측정했더니 정상 수치가 10이라면 뜨심이는 기계에서 측정할 수 있는 최고값을 넘어요. 입원해서 상태를 지켜봐야 할 것 같아요. 최근에 뜨심이가 스트레스를 받을 만한 상황이 있었나요?"라고 물어보셨다.

뜨심이가 스트레스 받을만한 일이 뭐가 있을까 열심히 생각했다. 분명 아침까지만 해도 뜨미랑 같이 간식도 잘 먹고 잘 뛰어다녔는데 무슨 문제가 있었던 걸까. 한참을 생각하다가 일주일 전 둘째 고양이를 데려왔다고 말씀드렸다. 그게 직접적인 원인이라고 보기 어렵겠지만 스트레스를 많이 받았을 것이라고 말씀해 주셨다. 망치로 머리를 한 대 맞은 것 같았다. 나는 뜨심이가 외로울까 봐 뜨미를 데려온 건데 그게 뜨심이한테는 엄청난 스트레스를 줄 것이라고 생각을 못 했기 때문이다.

뜨미에게 관심을 보이길래 그저 새로운 동생이 생겨서, 좋아서 그런 건 줄만 알았다. 하지만 고양이 입장에서 생각해 보면 외동묘로 엄마, 아빠의 관심을 한몸에 받다가 새로운 고양이가 나타나면서 그 관심이 반으로 나눠지고, 자기 영역에 새로운 누군가가 침입한 위험한 상황이었을 텐데..

뜨심이를 위한다는 이기적인 나의 욕심 때문에 뜨심이가 아픈 거라고 생각하니 너무 미안했다. 지금 생각하면 너무 창피하지만, 그때 당시에는 뜨심이가 기계가 측정 못할 정도로 아프다는 말에 세상 끝나는 것처럼 엉엉 울었다. 수의사 선생님께서 휴지를 주시면서 뜨심이를 잘 보살펴주시겠다고 하셨다. 집에 가기 전 잠깐 뜨심이를 보고 갈 수 있다고 해서 뜨심이가 있는 입원실로 갔다. 목에 플라스틱 넥카라를 쓰고 그조그마한 발에 링거를 꽂고 힘없이 누워있는 뜨심이를 보면서 다시 눈물이 났다. 내가 대신 아파주고 싶었다. 다 나 때문인 것 같았다. 내가 무지해서 뜨심이가 아픈 거라고 생각하니 더 미안했다.

분명 전날까지만 해도 뜨심이가 TV 보는 내 옆에서 업어가도 모를 정도로 잠들었길래 앞발을 들었다 놨다 하면서 '선생님~ 여기서 주무시면 안 됩니다~'하면서 장난치는 영상을 찍으며 킥킥대고 놀렸는데.. 그게 다 아파서 그랬던 거라고 생각하니 나 자신에게 너무 화가 났다. 뜨심이에게 '엄마가 너무 미안해.. 네가 이 정도로 아픈지 몰랐어.. 너무너무 미안해.. 널 버리고 가는 게 아니야. 아파서 잠시 입원한 거야. 엄마가 내일 금방 다시 올게. 아빠도 꼭 데려올게.'라고 말하고 눈물의 면회를 마쳤다. 차마 떨어지지 않는 걸음을 옮겨 집으로 갔다. 남편에게 곧바로 전화해서 다음 날 최대한 빨리 집에 내려오라고 했다. 남편이 뜨심이가 괜찮냐고 질문하기도 전에 "뜨"만 얘기해도 나는 눈물을 흘렸다.

다음날 면회할 수 있는 시간이 오전, 오후 한 번씩 있다고 해서 뜨심이가 좋아하는 간식, 장난감을 챙겨서 오전 면회를 갔다. 하루 만에 엄청 핼쑥해진 것 같은 뜨심이를 보니 눈물부터 났다. 수의 테크니션 선생님께 뜨심이가 평소 좋아하는 간식을 드리고 입원장 안에다 뜨심이가 좋아하는 장난감을 넣어주었다. 뜨심이는 아파서 힘이 없는지 가만히 쳐다보기만 할 뿐 움직이질 않았다. 아무것도 해줄 수 없는 나는 뜨심이에게 '아프지 마라, 엄마는 아빠랑 같이 오후에 또 올게.'라는 말을 하고 입원실을 나왔다. 속상했다. 내가 해줄 수 있는 게 아무것도 없어서, 아프지 말라고 말해주는 것밖에 할 수 있는 게 없어서. '내가 대신 아프고 싶다'라는 생각만 머릿속에 맴돌았다.

남편이 오후 면회 시간에 맞춰 병원으로 온다고 해서 근처 카페에서 기다렸다. 오전에 봤던 힘없는 모습의 뜨심이를 생각만 해도 눈물이 나서 카페에서도 책 읽는 척하면서 눈물을 흘렸던 기억이 난다. 남편이 오고 오후 면회 시간에 맞춰 다시 뜨심이를 보러 병원에 갔다. 뜨심이는 남편이 부르는 소리에 고개를 들었지만 구석에 누워 움직이질 않았다. 나는 그런 뜨심이를 보고 또 눈물만 닦다가 면회 시간을 마쳤다. 의사 선생님께서는 열이 조금씩 내려가고 있으니 너무 걱정하지 말라고 하셨다. 처음 보는 뜨심이의 힘없는 모습, 링거 맞은 모습, '뜨심아'라고 불러도 아무 반응 없는 모습들이 너무 마음 아팠다. 반려동물 친구들이 말만 할 수 있다면 얼마나 좋을까. 아니, 다른 말 다 못해도 '나 아파요.'라는 말만 할 수 있다면 얼마나 좋을까.

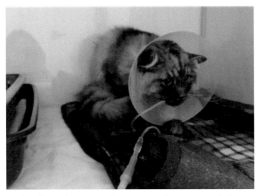

입원실에 있는 구뜨심..ㅠ_ㅠ 사진만 봐도 맴찢...

　입원한 지 3일째 되던 날 다행히 열도 떨어지고 염증 수치도 떨어져서 퇴원해도 된다는 연락을 받았다. 남편과 나는 퇴근하자마자 바로 병원으로 향했다. 뜨심이를 데리고 집에 돌아오는데도 눈물이 났다. 다 나아서 안도하는 마음과 아픈 걸 몰랐던 무지함에 대한 미안한 마음에 눈물이 났다. 남편은 "이제 괜찮아. 앞으로 우리가 잘 지켜봐 주면 된다. 우리도 고양이를 처음 키워보는데 몰랐을 수 있어. 뜨심이도 다 나아서 퇴원했으니까 괜찮아."라고 말해줬다. 뜨심이가 아파서 병원 가던 날 남편이 없어서 조금 미웠지만, 한편으론 나의 멘탈을 잡아주는 사람은 남편뿐이기에 고마웠다. 집에 오니까 반가운지 뜨미가 계속 뜨심이 주변을 맴돌았다. 뜨심이가 뜨미의 장난을 다 받아주진 않았지만, 병원에 있을 때보단 생기가 있어 보여서 다행이었다.

이날 이후로 뜨심이, 뜨미가 평소와 다른 점은 없는지, 밥은 잘 먹는지, 화장실은 잘 가는지 유의해서 지켜보게 되었다. 가끔 관심이 너무 과해 남편이 적당히 하라고 할 때도 있지만, 아픈 걸 몰라주는 집사가 되기는 싫다. 더욱이 말을 못하니까 더 지켜보고, 챙겨주고 싶다. 뜨심이, 뜨미에게 바라는 게 하나 있다면 '건강하게 오랫동안 우리와 함께하는 것'이다. 사료를 쏟아도 괜찮고, 물을 엎어도 괜찮아. 아프지 말고 오래오래 함께하자.

혼자 자취할 집을 구할 때는 원룸이어도 상관없고 나 혼자 누울 공간만 있으면 되니 집 구할 때 어려움을 느끼질 못했다. 하지만 울산으로 내려오기로 결정한 후 둘이 살 집을 구하자니 방도 있어야 하고, 가장 중요한 돈도 있어야 했다. 내가 남편보다 사회생활을 먼저 했지만, 막상 모은 돈이 없어서 마음에 드는 곳을 골라 갈 수 있는 사정이 아니었다. 집을 구하기 위해 인천에서 울산으로 내려와 주말 내내 돌아다녔지만 집을 구하지 못한 채 나는 인천으로 올라갔다. 정말 미안했다. 내가 돈을 모아놨더라면 이렇게 고생하진 않았을 텐데.. 남편은 오히려 괜찮다고 위로해 주면서 좋은 집을 구할 수 있을 거라고 계속 다독여줬다.

울산에 남은 남편은 혼자서 부동산 중개인 분과 좀 더 집을 보던 중 맘에 드는 집을 발견하고 바로 계약한 집이 우리의 첫 신혼집이었다. 우리의 첫 신혼집이기도 하고 뜨심이, 뜨미와도 처음으로 함께한 집인 그만큼 애정도 깊은 곳이다.

인천에서 울산으로 이삿짐을 가지고 처음 집에 들어갔을 때 거실도 있고 방도 2개나 있어서 둘이 살기에 딱 좋다고 생각했다. 나는 남편에게 짐을 많이 들여놓지 말고 살자고 말했지만 사실 나는 엄청난 맥시멀 리스트다. 역시나 '이건 있어야지. 저것도? 당연히 있어야지.' 하면서 집에 이것저것 들이기 시작했다. 그러다가 우리 뜨심이가 오고 나서 고양이 화장실 놔야 할 공간, 자동 사료 급식기 자리, 물그릇 자리, 캣타워 자리 등 많은 공간이 필요했다. 그렇게 나는 '당근맨' 남편에게 하나둘 처분을 맡기고 고양이 용품으로 그 공간을 메웠다. 이때까지만 해도 뜨심이가 새끼 고양이라서 괜찮았는데 그 이후에 뜨미가 오고 애들이 점점 커가면서 온 집 안 구석구석을 뛰어다니며 술래잡기하고, 고양이 화장실이 한 개 더 늘고, 캣타워도 하나 더 사고, 장난감도 많아지다 보니 둘이 살기 딱 좋다고 생각했던 '우리 집'이 '고양이 집'으로 변해있었다. 마치 여기는 뜨심이, 뜨미가 집주인이고 우리가 세 들어 사는 느낌..?

그러면서 고민도 하나 생겼는데 고양이들이 뛰어놀기에 너무 좋지 않은 환경이었다. 장애물들이 많으니 둘이 뛰어다니다가 가구에 부딪히기도 하고 물건이 쏟아져 내려 머리를 맞은 뜨심이를 데리고 병원에 갔던 적도 있었다. 그렇다고 당장 이사를 갈 수도 없고 '이걸 어찌하나..'라는 고민할 때쯤 남편이 '캣휠' 얘기를 꺼냈다. 사실 남편은 내가 고양이 장난감이나 용품을 산다고 하면 "진짜 필요해서 사는 게 맞아?" 하면서 잔소릴 했었는데 남편이 먼저 캣휠 얘기를 꺼내서 깜짝 놀랐다. 좁은 공간에서 뛰어놀기 좋아하는 고양이들한테 아주 좋은 놀이 기구라는 것을 알지만, 아무리 찾아봐도 캣휠을 둘 만한 공간이 없어서 나는 쉽게 사자고 말할 수 없었다.

나는 캣휠을 고민만 하고 남편은 계속 사자고 하길 반복하던 어느 날 어린이날이 다가왔다. 나는 고양이들에게 뭐든 사준다고 하면 말리진 않지만 캣휠을 좀 더 고민해 보자고 말했는데도 불구하고 남편이 뜨심이, 뜨미를 위해 '캣휠'을 주문했다고 했다. 어쩐지 며칠 전부터 계속 캣휠, 캣휠 하더니..

어린이날 다음날에 캣휠 배송이 왔다. 포장 박스만 봐도 어마어마했다. 남편과 캣휠을 조립하는 데 거실을 가득 채웠다. 조립하면서도 '이게 맞는 걸까..'라는 고민했지만 고양이들이 캣휠을 타는 상상에 나도 신이 났다. 조립을 다 한 뒤 어디에다 둘까 고민하다가 안방 침대 발밑 부분에 우리가 지나다닐 수 있는 공간이 있었는데 그 자리에 캣휠을 두기로 했다. 거기밖에 놓을 공간이 없었다. 이 집은 '사람 집'이길 포기한지 오래다.. 우리 뜨심이, 뜨미만 행복하다면야.. 내가 조금 돌아서지나다니면 될 일이다.

침대 발밑에 설치 후 뜨심이, 뜨미를 불러서 캣휠을 타보게했다. 뜨심이는 처음에 관심 없는 것처럼 보이다가 몇 번 천천히 돌려보더니 곧잘 탔다. 뛰는 폼이 어색하긴 했지만, 꼬리가일직선인 채로 캣휠을 타는데 돈 쓴 보람을 느꼈다.

고양이들을 키우면서 가끔 '부모님도 어릴 때 내가 걸음마를 하거나 말을 시작했을 때 이런 느낌이었겠지..'라고 생각할 때가 있다. 뜨심이가 캣 휠을 몇 바퀴 돌리고서 천천히 멈출 때 딱 그런 생각이 들었다. 알려주지도 않았는데 알아서 캣휠을 타는 것을 보니 너무 장하고 '역시 우리 뜨심이는 천재가 확실해.'라고 생각했다. 지켜보던 뜨미도 뜨심이가 타던 캣휠을 뺏어서 타는데 너무 잘 타서 깜짝 놀랐다. 이전에 캣휠을 타본 느낌이랄까? '역시 뜨미도 천잰가?'라고 생각했다.

　우리는 캣휠 위치를 바꾸는 데 오래 걸리지 않았다. 고양님들이 캣휠을 너무 좋아해서 밤낮 구분 없이 돌리느라 우리가 잠을 못 잤기 때문이다. 뜨심이, 뜨미는 캣휠을 사준 지 2년이 넘은 지금도 엄청나게 좋아하고 잘 탄다. 캣휠이 편한지 그 위에서 잠을 잘 때도 있다. 가끔 뜨심이가 새벽에 캣휠을 타면 강제 새벽 기상을 할 때도 있지만 그래도 고양님들이 좋다면 나도 좋다. 고장 나면 엄마, 아빠가 돈 많이 벌어서 또 사줄게! 다치지 말고 건강하게 오래오래 캣휠 타자♥

캣휠 러버 ♥ 구뜨심, 구뜨미

캣휠 서로 타려고 힘겨루기 중인 구뜨심, 구뜨미

6 하루하루가 소중해

　뜨심이, 뜨미랑 같이 살면서 가장 크게 변한 것은 고양이 케어만큼 있어서는 부지런해진 점이다. 고양님들은 하루의 루틴이 정해져 있다. 평일, 주말할 것 없이 나의 출근 시간에 맞춰서 츄르를 먹어야 한다.

　만약 주말에 나나 남편이 안 일어나고 출근 시간에 맞춰 간식을 안 준다면 뜨심이는 꾹꾹이 공격으로, 뜨미는 염소 목소리 공격으로 우리를 깨운다. 간식을 주고 나면 뒤도 안 돌아보고 각자 좋아하는 위치로 가 고양이 세수를 한다. 나는 맛동산과 감자를 캐면서 건강 체크를 한 뒤 물도 새 물로 갈아주고 출근을 한다.

　일을 마치고 현관문 비밀번호를 누르고 들어갈 때가 제일 설레는 순간이다. '뜨미만 나올까? 뜨심이도 나오겠지?' 하면서 들어가면 중문 앞에 뜨미가 먼저 와있다. 뜨미는 볼털을 안 잘라주면 보거스 마냥 옆으로 털이 자라는데 누가 봐도 방금 자다 일어난 것처럼 볼털이 눌린 채로 중문에서 나를 맞아준다.

"구뜨심~ 엄마 왔는데 나와보지도 않냐~"라고 말하면서 중문을 열면 뜨심이도 와서 화장실 앞에 있는 규조토에 발톱을 긁는다. 반가움의 표시라 생각하고 한참을 오구오구 하면서 지켜본다. 볼일이 끝나면 바로 간식 먹는 아일랜드 식탁으로 올라간다. 내가 일부로 모른 척하고 지나가면 뜨심이는 나를 졸졸 쫓아다니면서 부비작 공격을 하고 뜨미는 염소 목소리 공격을 한다. 귀여워서 간식을 안 줄 수가 없다. 츄르를 다 먹고 나면 망부석처럼 그 앞에서 나를 계속 쳐다본다. '간식 더 내놔..'라는 눈빛으로. 그럼 나는 "귀여워서 주는 거다." 하면서 북어 트릿을 준다. 다 먹고 나면 아침과 똑같이 뒤도 안 돌아보고 각자 자리로 가서 세수를 한다.

뜨심이는 아빠 바라기라 남편이 게임을 하면 그 옆에서 잠을 자고, 소파에 앉으면 그 옆에 가서 골골송을 부르며 꾹꾹이를 한다. 뜨미는 엄마 바라기라 내가 집안일하면서 여기저기 돌아다니면 내 뒤를 졸졸 쫓아다니고, 책상에 앉아서 공부할 때면 책 한가운데에 앉아서 시선을 강탈한다. 그 모습이 너무 귀여워서 이걸 비키라고 할 수도 없고 어쩔 수 없이 조용히 카메라를 켜고 사진을 수십 장 찍는다. '나는 공부하려고 했지만 네가 방해해서 못하는 거야~'라고 하면서.

이 글을 쓰는 지금도 책상을 계속 지나다니면서 키보드 사이에 앉았다가 원고 위에 앉았다 하면서 방해한다. 귀여워서 봐주는 거다~ 구뜨미. 그렇게 저녁 시간을 보내고 뜨심이, 뜨미가 좋아하는 장난감으로 집을 뛰어다니면서 놀아주고 나면 하루가 끝난다.

  자기 전 맛동산과 감자 정리를 끝내고 우리가 침대에 누우면 뜨심이, 뜨미도 침대 가운데에 자리를 잡는다. 남편은 나와 붙어 잘 수 없다고 불만을 토로하지만 어쩔 수 없다. 뜨심이, 뜨미가 우리 사이에서 자는 걸 좋아한다는데 어쩔 수 없지.. 말은 그렇게 해도 뜨심이가 남편 옆에 꼭 붙어서 꾹꾹이를 하면 나한테 으스대는 말투로 "봤어?" 하면서 둘이 꽁냥꽁냥대다가 같이 코를 골면서 잔다.

  뜨심이가 아빠 바라기라고 하는 이유에는 잠잘 때 꼭 남편하고만 잠을 자고, 남편이 2-3일 집을 비우면 그제야 남편이 안 들어 온다는 걸 깨닫고 내 옆에서 골골송을 불러준다. 그게 어디야.. 고.. 고마워.. 뜨심아..♥

  엄마 바라기 뜨미는 내가 폭신한 이불을 덮고 있으면 내 배 위에 올라와서 꾹꾹이를 하다가 잠이 들거나 침대 옆에 마련해 준 의자에 몸을 동그랗게 말고 잠을 잔다. 뜨미는 잘 때 낑낑거리는 소리를 많이 내는데 나랑 남편이 안 자고 떠들거나 핸드폰으로 영상을 보고 있으면 마치 조용히 하라고 하는 것처럼 낑낑댄다. 그럼 우리는 "알겠어, 알겠어. 조용히 할게." 하고 소리를 낮추거나 뜨미 머리를 쓰다듬은 뒤 같이 잠을 청한다.

고양이들이 없었다면 매일 반복되는 평범한 일상을 보냈을 것 같다. 뜨심이가 츄르 껍질을 먹고 토했던 적이 있어서 간식을 주고 나면 뒷정리를 잘하게 된 날, 내가 점심 때 뭔가 집을 가봐야 할 것 같은 느낌이 들어서 집에 가보니 남편이 출근할 때 현관문을 안 닫고 가서 아래층 계단에 겁먹은 채로 붙어있는 뜨미를 다시 집으로 데려왔던 날(다시 생각해도 아찔한 순간이었다..), 집사들이 잠깐 자리를 비운 사이에 저녁으로 먹으려고 열어놓은 참치캔을 뜨심이가 맛있게 먹고 온몸을 그루밍한 덕에 며칠 동안 뜨심이가 근처만 와도 참치캔 냄새가 났던 날들, 뜨미가 엉덩이에 설사를 한가득 묻혀서 온 집안을 돌며 응가칠 하던 날, 우리가 신혼여행 가려고 꺼낸 캐리어에 같이 가겠다고 들어가서 안 나오는 뜨미가 귀여워서 사진을 엄청나게 찍었던 날, 우리가 목소리 높여서 싸우면 뜨심이, 뜨미가 우리 사이에 와서 발라당 배를 뒤집고 애교 부리는 걸 보면서 서로 '피식'하고 화해했던 날. 고양이들이 없었다면 우리에게 없었을 순간들이다.

    뜨심이, 뜨미와 함께 하면서 평범하진 않지만 하루하루가
소중한 우리의 일상들을 기억하고 싶어서 글을 쓰기 시작
했다. 글재주가 없어서 걱정되지만, 우리가 앞으로도 함께
할 하루하루가 행복하길 바라며.

    행복하자. 우리 네 가족 모두! 사랑해♥

Thanks to.

　여보, 여보가 없었다면 뜨심이, 뜨미를 만나지 못했을 거야. 나는 고양이 생각하면 걱정과 눈물이 앞서서 행동을 잘하지 못하는데 그때마다 여보가 나서서 병원도 데려다주고, 애들 털도 밀어주고, 약도 먹이고, 양치도 해주고.. 내가 못 하는 거 여보가 다 해줘서 너무너무 고마워. 이 글을 쓰기 시작한 것도 여보가 알려준 덕분이지. 언젠가 지나가는 말로 뜨심이, 뜨미, 우리에 관한 이야기를 쓰고 싶다고 했던 얘기를 귀담아들어 주고, 좋은 기회를 소개해 줘서 고마워. 내 버킷리스트 중 하나였는데 생각보다 빠르게 이룰 수 있어서 신기하기도 하고, 내가 쓴 글이 세상에 나온다고 하니까 너무 기대된다. 이 모든 게 다 여보랑 함께하기 때문이야. 고마워! 앞으로도 잘 부탁해! 사랑해♥

Writer

뽀또언니 X 뽀또 @cutepoteau

뽀또랑 함께한 지 614일째♥

뽀또랑 언제 어디서나 함께하고 싶은 뽀또언니입니다:)

뽀또랑 나

⌣ 1 뽀또를 만나기 전 이야기

prologue. 뽀또는 작년 5월 9일 간절곶에서 처음 만났다. 주인 품에서 막 자다 일어난 작고 하얀 강아지가 눈을 게슴츠레 뜬 채로 날 쳐다보는 게 너무 귀여웠다. 뽀또를 보는 순간 내 마음속에선 알 수 없는 감정들이 휘몰아쳤다. 한 번 안아봤을 땐 '얜 내 강아지다!'라는 생각이 바로 들었고 당장 집에 데려가고 싶은 충동이 생겼다. 뽀또랑 나는 운명이다.

뽀또를 만나기 전 이야기 나는 강아지를 매우 싫어했다. 어릴 때 엄마가 회사 때문에 나를 돌봐줄 수 없어서 할머니가 대신 돌봐주셨다. 어린이집도 할머니 집 근처라 엄마가 나를 데리러 오기 전까지는 할머니 집에서 하루를 보내곤 하였다.
　할머니 집에는 강아지가 있었는데 이름이 없어서 내가 '해똘이'라 지어주고 항상 해똘이 뒤를 졸졸 쫓아다니면서 좋아했다. 어느 날 밤, 할머니 집 대문이 살짝 열린 틈을 타 해똘이가 집 밖으로 뛰쳐나갔다. 나는 바로 해똘이를 잡으려고 뒤를 쫓아 뛰어갔는데 해롤이가 눈을 번쩍거리면서 막 짖고 물려고 했다. 해롤이 눈에서 빔이 나올 것 같아서 너무 무서웠고 괴물 같았다. 그 순간이 아직 기억에 남아서 성인이 된 지금까지 나에게 트라우마로 남았다.

나는 또 큰 소리에 잘 놀라기 때문에 내가 세상에서 제일 싫어하는 소리는 풍선 터지는 소리, 자동차 클락션 소리, 강아지 짖는 소리다. 그래서 길에서 강아지를 만나면 나한테 짖을까 싶어 항상 긴장한 상태로 강아지 곁을 조심스럽게 지나가곤 했다.

그러던 중 막내 이모가 갑자기 강아지 한 마리를 키우게 되었다. 사촌 동생 현서가 강아지를 키운다며 자랑삼아 나한테 사진을 한 장 보내서 확인해 보니 사진 속 아기 강아지가 너무 사랑스러웠다. 그래서 강아지를 보러 당장 이모 집으로 달려갔다. 아기 강아지는 사진으로 보는 것보다 더 작고 더 귀여웠다. 현서는 강아지 털이 하얗고 복슬복슬해서 마치 구름 같아 강아지 이름을 '구름이'라고 지었다. 진짜 이름처럼 구름 같았고 조막만 한 발이 너무 귀여웠다. '앙앙'하고 짖는 소리마저 너무 귀여워서 나는 구름이에게 완전 푹 빠졌다. 그 이후로 나는 일주일에 한 번은 무조건 구름이를 보러 이모 집에 갔었고 나는 강아지 트라우마에서 조금씩 벗어나기 시작했다.

몇 개월 뒤 이모는 구름이가 너무 예뻐서 둘째를 데리고 오고 싶어 했다. 그래서 구름이랑 비슷하게 생긴 강아지 한 마리를 더 데려왔고 이름을 '하늘이'라고 지었다. 그렇게 2년 동안 나는 구름이와 하늘이를 보러 이모 집에 시간만 나면 갔고 강아지들이 있음으로써 이전보다 화목해진 이모 집 식구를 보며 우리 집에도 강아지가 있으면 좋겠다는 생각을 했다.

하지만 생명을 책임지는 일이 어려운 것임을 누구보다 잘 알았고 단지 '화목한 가정'을 위해 강아지를 키우는 것이 강아지를 위한 게 아니라 나의 욕구를 채우려는 이기적인 마음인 것 같아 포기했다. 더군다나 엄마가 강아지를 매우 싫어했기에 강아지를 키우는 것은 불가능한 일인 것 같아 나중에 독립하거나 결혼해서 키워야겠다고 생각했다.

어느 날, 친구랑 오랜만에 대공원에 가서 산책을 하고 있는데 저 멀리서 비숑 2마리가 우리를 향해 걸어오는 것이었다. 바람에 크고 하얀 머리털을 휘날리면서 오는 것이 꼭 커다란 민들레 홀씨 같았다. 혀를 살짝 내밀면서 뒤뚱뒤뚱 걸어오는 게 너무 귀여웠고 그 모습이 마치 천사 같았다. 비숑 2마리를 본 이후로 비숑이 계속 내 눈에 아른거렸고 당장 강아지를 키우고 싶은 충동이 생겼다.

그래서 강아지 입양 계획을 세우기 시작했는데 '강아지를 어디서 데려오느냐'가 가장 큰 문제였다. 나에게 주어진 선택지는 3가지였다. 펫샵, 유기견 보호소, 가정 입양. 우선 펫샵은 강아지 공장 문제도 있고 상업적으로 어미 강아지를 우리에 가둬 무한 교배한다는 점이 너무 비윤리적이라 펫샵에서 데리고 오는 건 싫었다. 요즘 유기견 입양을 권장하는 추세라 유기견 보호소에서 데리고 올까 싶었지만 난 강아지도, 동물도 키워 본 적이 없는 초보자라 사람한테 한 번 상처받은 강아지를 데려오는 게 너무 조심스러웠고 무턱대고 데려오자니 강아지도 힘들고 나도 힘들 거 같아 남은 선택지인 가정 입양을 하기로 했다.

그래서 네이버 강아지 관련 카페에 가입하여 가정 입양을 희망한다는 글을 여러 개 올렸다.

> [강아지 입양희망] 비숑 입양 원해요!
> 지역은 울산이고 애기 직접 보고 데리고 오고 싶어서
> 부산 쪽 지역이었으면 좋겠어요!!
> 펫샵은 사절이고 가정입양 원합니다!
> 건강한 애기였으면 좋겠어요. 혈통 안 따져요.

글을 올리자마자 강아지 분양 관련 댓글이 마구 달렸다. 연락 오는 사람들 대부분이 상업이 목적인 사람들, 비숑 전문 견사인데 혈통을 강조하는 사람들, 누가 봐도 펫샵인데 일반 가정집인 척 연락 오는 사람들, 내가 사는 곳은 울산인데 수도권에 있는 펫샵에서 영상통화로 애기 코랑 귀랑 발바닥 확인하고 분양하면 차로 집까지 데려다준다는 사람들이 있었다. 강아지를 그저 돈벌이용으로 생각하는 사람들이 이렇게 많았다니…. 경악스러웠다.

다음 날, 카페 채팅이 하나 와 있었다. 채팅을 확인해 보니 부산에 사는 사람이고 키우던 강아지가 새끼를 8마리나 낳아서 7마리 입양 보내고 1마리 남아있다고 관심 있으면 연락 달라는 내용이었다.

부산지역이고 비숑이라서 바로 연락을 했다. 채팅하면서 분양사기일 수도 있으니 아빠, 엄마, 애기 사진을 요청했고 사진을 받아보니 사기는 아닌 것 같았다. 가정집에 방문해서 엄마랑 애기를 직접 보고 싶어 방문 가능한 날짜를 물어봤다. 난 이때만 해도 최소 2주 뒤 입양할 생각이었는데 갑자기 내일 가족들이랑 간절곶으로 여행 온다고 간절곶에서 볼 수 있냐고 물어봐서 너무 당황스러웠다. 그래서 안 된다고 하고 다음 주는 어렵냐고 물어보니 '지금 입양 문의가 많이 와서 먼저 만나는 분에게 보낼 수밖에 없다. 내일 안 되면 입양은 힘들 것 같다.'는 말을 듣고 마음이 급해져 내일 보자고 해버렸다.

갑자기 일어난 일에 '이걸 어떻게 수습하지'라는 생각이 들어 계속 멍 때리다가 내일 우리 집에 강아지가 온다는 사실에 너무 행복했지만 부모님 몰래 데리고 오는 거라 엄마가 이 사실을 알면 얼마나 기겁을 할까 싶어 두려웠다. 부모님을 설득할지 말지를 계속 고민한 끝에 아무리 설득해도 말이 안 통할 것 같아 그냥 무작정 강아지를 데리고 오는 작전으로 밀어붙이기로 했다.

그래도 이 기쁨을 몇 명에게는 공유하고 싶어 친구 3명이랑 막내 이모에게 얘기했다. 친구들은 강아지 데리고 오면 집에 놀러 가겠다며 부러워했고 막내 이모는 구름이와 하늘이에게 친구가 생겨 기뻐했지만 내가 집에서 쫓겨날까 봐 걱정도 해주었다. 이모 말대로 쫓겨날 것을 대비해 집 근처 원룸도 알아봤다.

드디어 강아지 데려오기로 한 아침이 밝았다. 엄마한테 미리 '친구랑 간절곶에 놀러 가기로 했다.' 하고 외출 준비를 하고 있는데 갑자기 엄마 폰으로 막내 이모부에게서 전화가 왔다. '설마 내 계획을 알고 엄마한테 말하려는 건 아니겠지'라는 생각에 가슴이 두근거리고 식은땀이 났다. 엄마는 "제부가 웬일이지"라고 말하면서 전화를 받았다. 이모부랑 통화를 하면서 엄마의 표정이 굳어지면서 엄마는 "강아지요? 그런 말은 못 들었는데, 그럴 리가요"라고 말했다. 나는 쎄함을 느끼곤 조용히 방 안으로 들어왔다. 당장 이모한테 전화를 걸어서 이게 어떻게 된 일인지 물어봤다. 알고 보니 현서가 어제 나랑 이모와 전화하는 내용을 듣고 이모부에게 말해서 이모부가 엄마한테 전화를 한 것이다. 엄마가 전화를 끊고 나를 불러 이모부가 한 말에 대해서 어떻게 된 일인지 자세히 설명하라고 했다. 나는 방에서 나와 이모부가 한 말이 사실이고 강아지를 데려올 거라고 당당하게 말했다. 엄마는 예상대로 '강아지 싫다.' 하면서 기겁을 했고 아빠는 강아지를 데리고 오면 베란다 밖으로 던질 거라고 단호하게 말했다. 난 부모님의 반대에 무릅쓰고 그대로 밖으로 나가서 친구들과 같이 강아지를 데리러 간절곶으로 갔다.

간절곶으로 가는 길에 강아지와 만날 생각을 하니 너무 설레고 가슴이 두근거렸다. '어떤 강아지일까? 내가 잘 키울 수 있을까?'라는 생각을 하면서 머릿속엔 온통 강아지 생각뿐이었다.

그때, 갑자기 문자 한 통이 왔다. 아빠였다.

> 강아지 때문에 집 안 분위기 망치지 말고 나중에 독립해서..
> 아빠가 부탁한다 딸. 재미있게 놀다 와.

문자를 보고 죄송한 마음에 눈시울이 붉어졌지만 강아지를 키우고 싶은 내 의지를 꺾을 순 없었다. 간절곶에 도착했고 차에서 내려 강아지 주인을 만났다. 그리고 주인 품속의 작은 강아지도 만났다.

2 뽀또와의 만남

뽀또와의 첫 만남

주인 품에서 막 자다 일어난 작고 하얀 강아지가 눈을 게슴츠레 뜬 채로 날 쳐다보는 게 너무 귀여웠다. 강아지를 보는 순간 내 마음속에선 알 수 없는 감정들이 휘몰아쳤다. 한 번 안아봤을 땐 '얜 내 강아지다!'라는 생각이 바로 들었고 당장 집에 데려가고 싶은 충동이 생겼다. 고민할 필요도 없이 주인한테 바로 데리고 가겠다고 말한 뒤 강아지와 잠시 이별할 시간을 주었다. 주인 가족들이 강아지를 안고 울면서 작별 인사를 했다. 그 모습을 보니 진짜 애지중지하면서 2개월 동안 키웠나 보다 싶어 눈물이 조금 나왔다. 강아지를 보내게 된 사연을 들어보니 8마리 중 7마리는 입양 보내고 남은 1마리를 키우려고 했는데 갑자기 집안 사정이 생겨 키우지 못하게 되어 입양 보내는 거라고 하였다. 그 사연을 들으니 더 잘 키워야겠다는 생각이 들어 "많이 예뻐할게요, 잘 키우겠습니다."라고 하고 주인 가족과 헤어졌다. 내 품에 꼭 안겨서 자고 있는 강아지가 너무 사랑스러웠다. 이게 꿈인가 생시인가 싶어 얼굴을 꼬집어 봤는데 아팠다. 꿈이 아니었다.

그러나 기쁨도 잠시 갑자기 할머니한테서 전화가 왔다. 설마 이모부가 할머니한테까지 말을 했나 싶어서 전화를 받았다. 전화받자마자 할머니의 첫 마디는 "니 강아지 데리고 오나?"였다. 역시나 이모부가 말했구나 싶어서 "네. 지금 같이 있어요."라고 대답했다. 할머니는 "엄마야! 엄마가 알면 니 어쩌려고 그러는데! 니가 어떻게 엄마랑 아빠한테 그럴 수 있는데? 할머니는 니한테 실망했다. 조선 천지에 니 같은 애 없다고 생각했는데 내가 잘 못 봤다."라는 둥 나한테 '실망했다'라는 말만 되풀이하셨다. 그러고는 "강아지 다시 돌려줘라."라고 하셔서 내가 "싫어요."라고 했다. "강아지는 나중에 니 혼자 살면 키워라."라고 해서 내가 "그래서 혼자 살려구요."라고 하니까 할머니는 기겁하시면서 전화를 끊었다.

할머니 전화를 끊고 난 후 바로 엄마한테서 전화가 왔다. 아마 할머니한테서 얘기 들었겠지…. 전화를 받자마자 엄마는 '강아지를 진짜 데리고 오냐'고 물어봤다. "응."이라는 단호한 내 말에 기겁을 하고 "왜 데려오냐"라고 소리를 질렀다. 엄마의 내지르는 소리에 아빠는 전화를 바꿔 후-하고 한숨을 내뱉은 후 "강아지 데리고 오면 던져 버린다."라고 말했다. 아빠의 단호하고 낮은 목소리를 들으니 아빠가 진짜 강아지를 던져 버릴 것만 같아서 너무 걱정되고 무서웠다. 강아지를 살리고 싶었다. 그래서 강아지 데리고 집에 들어갈 수 없다는 생각이 들었다. 아빠한테 내가 "나가서 살게"라고 하니 아빠가 잠시 생각을 하는지 침묵하다가 "알았다." 하고 전화를 끊었다. 갑자기 마음이 심란해져서 앞으로 어떻게 살아야 할지 고민하다가 오늘은 친구 집에서 자고 내일부터는 어제 봐둔 원룸에서 살기로 결정했다.

이름이 왜 뽀또야? 나는 강아지를 데리고 오기 전부터 몇 가지의 이름을 생각해 놓고 있었다. 우선 음식 이름일 것. 사실이 아닐 수도 있지만 음식 이름을 지으면 오래 산다는 말을 들은 것 같아서 음식 이름으로 짓고 싶었다. 그리고 ㄲ, ㄸ, ㅃ과 같은 된소리일 것. 강아지들은 된소리 발음을 잘 알아듣는다고 해서 된소리로 된 이름으로 짓고 싶었다. 이 모든 것을 충족하는 이름은 몇 가지 안 됐지만 친구가 고심하다가 과자 이름인 '뽀또'라고 짓는 건 어떻냐고 물어봤다. 일단 두 가지 조건과 맞았고 강아지 이미지와 잘 어울려서 '뽀또'라고 지었다. 나중에 엄마가 얘기해서 알게 된 사실인데 '뽀또'는 프랑스어로 우리말로 해석하면 '믿을만한 단짝, 친구'라는 뜻을 가지고 있다. 그래서 나는 '뽀또'라는 이름을 사랑한다.

3 뽀또와의 좌충우돌 자취생활

뽀또를 데리고 근처 강아지 용품점에 들려 용품들을 마구 사고 친구들한테 뽀또를 맡기고 집에 가서 짐을 챙겼다. 캐리어를 끙끙대면서 끌고 나가는 나를 보면서 아빠는 무표정으로 일관한 채 아무 말을 하지 않았다. 나도 별말 없이 집에서 나가 친구 집으로 향했다. 짐을 한가득 들고 친구 집에 들어왔다. 친구 어머니께 신세 지게 되어 죄송하다고 하니 괜찮다고 하시면서 반갑게 맞이해주셨다. 그리고 뽀또를 '비숑!'이라고 부르면서 너무 예뻐하셨다. 그 모습을 보고 '우리 부모님도 이렇게 뽀또를 예뻐해 주셨으면 좋겠다…'라는 생각에 눈시울이 또 붉어졌다.

친구가 잠잘 방으로 안내해 줬고 방바닥에 뽀또 배변패드를 놓고 주변에 울타리를 설치했다. 뽀또가 낯선 환경에 적응할 수 있도록 자유롭게 풀어주면서 냄새를 맡게 해줬다. 같이 공놀이도 하고 열심히 놀아줬다. 환경에 적응해서 그런지는 모르겠지만 다행히 설사나 토를 하진 않았다.

　친구 집 이불에 쉬를 싸거나 토를 하면 안 되기 때문에 저녁이 되어 뽀또를 울타리에 넣고 잠이 들었다. 새벽에 뽀또가 울타리에서 나가고 싶은지 계속 낑낑거렸다. 하지만 낑낑거린다고 꺼내주면 앞으로 계속 낑낑댈 거 같아 무시했더니 밤새도록 낑낑대서 잠을 잘 수가 없었다. 뽀또는 보통 성격이 아닌 게 분명하다. 그래서 그냥 울타리 밖으로 꺼내줬더니 기분이 좋아서 그런지 꼬리를 막 흔들었다. 엉덩이를 실룩거리면서 이불 속으로 파고드는 모습이 너무 귀여워서 피식 웃다가 뽀또랑 같이 잠에 들었다.

　다음 날 아침이 밝아 나는 회사에 출근하고 친구는 내가 뽀또를 걱정할까 봐 계속 사진을 찍어서 톡으로 보내줬다. 뽀또 사진을 보니 벌써 뽀또가 보고 싶고 얼른 퇴근하고 싶었다. 퇴근 시간이 되자 쏜살같이 뛰어나와 원룸 계약을 하러 갔다. 계약이 끝나자마자 친구들이 내 짐을 싸고 뽀또를 데리고 자취방으로 왔다. '내가 자취라니!!' 인생에서 자취를 하는 건 이번이 처음이었다. 자취도 처음인데 강아지랑 같이 산다니! 뭔가 우여곡절이 예상될 것 같지만 이 순간만큼은 너무 기분이 좋았다. 잔소리하는 엄마도 없고 뽀또 데리고 왔다고 혼낼 아빠도 없고 내 마음대로 할 수 있으니 너무 좋다!

　친구랑 자취 축하 파티를 하고 방 정리하고 친구들은 집에 갔다. 이제 진짜 나와 뽀또만 남았다. 이틀 동안 있었던 일들이 머릿속에 주마등같이 지나갔고 '진짜 앞으로 어떻게 살아가야 하나..'라는 생각에 막막해졌다. 하지만 뽀또를 데리고 온 것에 후회는 조금도 없었다. 이 조그마한 생명을 내가 책임져야 한다는 책임감과 열심히 살아야겠다는 생존 정신이 내 두 어깨를 짓누르는 기분이었다. 내일부터 다시 열심히 살아야겠다는 생각을 하며 잠에 들었다.

　지금부터는 뽀또와 있었던 일을 에피소드 형식으로 써 내려갈 것이다. 결론부터 얘기하자면 뽀또와 나는 1년간의 원룸 생활을 마치고 현재 본가에서 살고 있다. 뽀또는 우리 가족의 사랑을 듬뿍 받으며 잘 자라고 있다. 아빠는 뽀또를 많이 예뻐하고 뽀또가 자꾸 사료를 안 먹으니까 계속 간식을 준다. 그래서 뽀또가 살이 많이 쪘다. 엄마는 여전히 강아지를 무서워하지만 뽀또는 좋아한다. 뽀또가 곁에 있어도 아무렇지 않아 하지만 만지지는 못한다. 할머니도 뽀또를 좋아하시고 가끔 보고 싶을 때마다 뽀또 잘 있냐며 전화를 하신다. 뽀또는 이모 집 강아지 구름이, 하늘이랑 짱 친한 절친이 됐다. 막내 이모 식구들도 뽀또를 다 예뻐하신다. 지금 생각해 보면 강아지를 부모님과 상의도 하지 않은 채 막무가내로 데리고 온 행동이 너무 철이 없던 행동이라는 생각이 들지만 그 일이 있으면서 내가 정신적으로 더 성장한 것 같다. 뽀또를 데리고 온 게 조금도 후회되지 않는다. 그때 일이 정말 꿈만 같고 스펙터클 했다는 생각이 든다. 가끔 자취생활이 그립다는 생각도 든다. (헤헤)

#Episode 1. 단추

시무룩한 뽀또와 문제의 그 단추

　뽀또를 데리고 온 지 한 달이 지나서 일어난 일이었다. 뽀또는 아직 어려서 그런지 옷에 달린 끈이나 단추를 씹는 걸 좋아했다. 지금 생각해 보면 이가 간지러워서 그렇지 않았나 싶다. 내가 자고 있을 때도 잠옷에 있는 끈이 뽀또의 침에 젖어 축축할 정도로 계속 깨물어댔는데 끈을 물다가 갑자기 그 위에 있는 단추에 신경이 갔는지 단추를 떼서 오독오독 씹고 있었다.

　나는 잠귀가 밝아서 그 소리에 깨고 보니 뽀또가 단추를 물고 있는 게 보였다. '단추를 삼키면 어쩌지'라는 생각에 단추를 뺏으려고 후다닥 일어났는데 그 순간 뽀또가 단추를 뺏기지 않으려고 입안에 숨겼다. 바로 뽀또를 들어 올려 손가락을 입안에 넣어 헤집었는데 단추가 없었다. 혹시 몰라 침대를 다

뒤져 보았지만 단추가 없었다. 뽀또가 단추를 삼켰다!

　너무 충격적이어서 잠시 침대에 걸터앉아 이런 경우에 어떻게 응급조치를 해야 하는지 인터넷에 찾아봤다. '지금 당장 동물 병원에 데려가야겠지, 24시간 하는 곳은 어디더라.'라는 이런저런 생각에 휩싸여 가만히 있다가 일단 뽀또 상태를 확인해 봤는데 괜찮아 보였다. 머리가 아파 한숨을 푹 쉬고 흐트러진 이불을 정리하는 데 동그랗고 작은 무언가가 바닥에 툭 떨어졌다. '뭐지' 하고 바닥을 쳐다보니 단추였다. 당장 단추를 집어 들어 침대 위에 앉아 있는 뽀또를 홱 하고 째려봤다. 뽀또도 뭔가를 아는 눈치인지 시무룩한 표정을 지었다. 뽀또는 못 알아듣겠지만 일단 언니를 놀라게 한 벌로 혼을 냈다. 뽀또는 여전히 시무룩한 채로 있었다. 나한테는 끔찍한 10분이었다.

#Episode 2. 초코파이

뽀또는 산책할 때 온 세상에 관심이 많아서 사람만 보면 근처에 다가가서 꼬리를 미친 듯이 흔들고 강아지만 보면 좋아서 두 발로 일어서서 강아지 뺨을 때린다. 나는 아직 어리니까 그렇겠지 싶어서 도 닦는 마음으로 그런 뽀또를 지켜본다. 하지만 내가 절대 그냥 두고 볼 수 없는 것은 길에 떨어진 쓰레기나 담배꽁초 그리고 음식 찌꺼기들을 입에 넣거나 먹는 행동이었다.

하루는 담배꽁초를 입에 넣는 걸 보고 진짜 기절할 뻔했다. 얼른 뽀또 입안으로 손가락을 넣어서 담배꽁초를 빼려고 했으나 뽀또가 으르렁 거리며 손을 물려고 해서 담배꽁초 빼기를 실패했다. 나중에는 맛이 없었는지 담배꽁초를 스스로 뱉어냈다.

하루는 더 충격적인 사건이 있었다. 그날도 어김없이 뽀또를 산책하던 중이었다. 가로등이 없는 어두컴컴한 길로 가다가 다시 가로등이 있는 곳으로 가서 뽀또가 잘 걷고 있는지 확인하는데 뽀또가 자기 얼굴만 한 검은색 뭔가를 물고 있는 게 아닌가. 깜짝 놀란 마음에 그 물체가 뭔지 확인하는데 초코파이였다. '어떻게 뽀또가 초코파이를 물고 있지.' 싶어서 한 3초 멍 때리다가 초코파이를 뺏어서 뽀또한테 안 보이는 곳으로 던졌다. 뽀또는 초코파이가 있는 곳을 향해 킁킁거리기 시작했고 나는 뽀또를 이끌고 초코파이의 반대 방향으로 걸어갔다. '다른 것도 아니고 뽀또의 건강에 치명적인 초코라니.. 이대로 뽀또 죽는 거 아닌가'라는 생각에 인터넷을 찾아봤더니

강아지에게 치명적인 정도의 양이 아니면 괜찮다는 글에 다행
이라는 생각이 들었다. 뽀또는 아직 건강하다.

#Episode 3. 중성화

뽀또는 5개월 때 중성화를 했다. 처음에 여자아이라서 그런지 배를 가르는 수술이라 너무 무서웠고 인터넷에 여자 강아지가 중성화 수술해서 사망한 사례도 봤던 터라 '뽀또도 잘못되면 어떡하지.'라는 생각에 중성화하기를 머뭇거렸다. 하지만 나와 똑같이 주인이 두려운 마음에 중성화를 시키지 않아서 강아지가 자궁질환으로 세상을 떠났고 주인이 자신 때문에 강아지가 죽었다는 죄책감에 싸여 있다는 글을 보고 뽀또를 위해서 다시 중성화 수술을 시키기로 마음먹었다. 중성화 수술을 한 김에 동물등록 내장칩도 같이 하기로 했다.

중성화 수술이 예약된 당일, 회사 반차를 쓰고 퇴근하자마자 뽀또를 데리고 병원으로 향했다. 뽀또는 아무것도 모른 체 나한테 안겨 앞만 멀뚱멀뚱 쳐다보고 있었다. 불쌍한 녀석. 이 모든 건 뽀또를 위한 거라 생각하면서 병원으로 향했다.

중성화 수술 전 몇 가지의 검사를 받고 의사 선생님께서 수술해도 된다고 하셔서 뽀또를 맡기고 집으로 향했다. 뽀또를 데리고 온 이후 뽀또가 없는 집은 상상도 못 했는데 뽀또가 없으니 집이 썰렁했다. 뽀또의 수술이 마치기를 기다리면서 집 청소도 하고 중성화 수술 이후에 먹기 좋다는 '특제 황태 계란국'을 만들었다. 병원에서 전화가 와서 뽀또를 데리러 갔다. 병원에 도착하고 보니 뽀또는 아직 마취에서 깨어나지 않고 눈만 잠깐 뜬 상황이었다. 몸이 축 처진 상태로 의사 선생님에게 안겨 있었다. 몸이 매우 안 좋아 보였다. 얼마나 아팠을까.

나는 얼른 뽀또를 안아 들고 주의사항을 듣고 뽀또와 집으로 향했다.

집으로 가는 길에 혹시나 뽀또가 잘못되지 않을까 싶어 조심스럽게 천천히 갔다. 집에 거의 도착할 때쯤 갑자기 뽀또가 숨을 안 쉬는 거 같아 너무 놀라서 '뽀또야! 뽀또야!' 하고 외치면서 뽀또 얼굴을 계속 때렸다. 다행히 뽀또는 정신이 들었는지 다시 숨을 쉬는 것 같았다. 끔찍한 순간이었다. 집에 와서 눕혀놓으니까 아직 마취가 안 풀려서 그런지 쉬도 자기 방석 위에서 하고 난장판이었다. 그래도 내가 만든 '특제 황태계란국'을 먹고 괜찮아졌다.

← 중성화 수술한 다음 날

#Episode 4. 간식

하늘이(왼쪽), 구름이(오른쪽), 뽀또(아래)가 이모의 손에 있는 간식을 보고 있다.

뽀또는 간식을 숨기는 버릇이 있다. 닭가슴살 져키, 오리고기 같은 맛있는 간식들은 금방 먹어 치우지만, 치석 껌이나 오래 씹어서 먹어야 하는 것들은 우리 집 소파, 내 침대 아니면 켄넬에 숨긴다. 나중에 숨긴 간식을 다시 찾으러 코를 박고 간식 냄새를 계속 맡아 다닌다. 간식을 숨긴 위치는 다 기억하는지 아주 잘 찾는다. 한 번씩 간식을 입에 물고 두리번거리면서 낑낑대는 게 너무 귀엽다. 마치 '어디에 숨기지?'하고 고민하는 것 같아 보인다.

이 버릇이 집에서만 있는 줄 알았는데 이모 집에서도 간식을 숨기더라. 이모가 치석 껌을 줬는데 뽀또가 구름이 소파에 숨기고 뒤돌아서 가는데 구름이가 계속 지켜보다가 뽀또가 숨긴 간식을 빼먹었다. 뽀또는 구름이가 물고 있는 간식을 보고 '설마 저게 내 간식인가?' 싶어서 다시 확인한 후에 얼른 구름이한테 갔지만 이미 늦었다. 그런데도 뽀또는 구름이한테 으르렁거리지 않고 그냥 시무룩한 상태로 구름이가 간식을 먹는 모습을 그저 지켜만 보고 있었다. 뽀또는 바보인 게 분명하다. 예전에 2개월짜리 아기 강아지 쿵이한테도 간식을 뺏겼었는데 이번에도 뺏길 수가…. 구름이, 하늘이, 뽀또 서열순을 매기자면 하늘이-구름이-뽀또 순이다. 뽀또는 서열 꼴찌다.

#Episode 5. 예민보스 뽀또

뽀또가 중성화 수술을 한 이후에 일어난 일이다. 자취방에 누워있다가 저녁을 못 먹어서 그런지 배가 고팠다. 시계를 보니 저녁 11시였고 이 시간에 하는 음식점이라곤 치킨집밖에 없었다. 배달 어플로 치킨을 시키고 배달 기사님께 초인종 누르지 말고 집 앞에 놔둬달라고 메시지도 적었다. 배달을 시킨 후 갑자기 피곤해져서 나도 모르게 잠에 들었다.

'똑똑' 노크 소리를 듣고 뽀또가 짖는 바람에 놀라서 깼다. 순간 정적이 흘러 갑자기 무서운 기분이 들었다. 떨리는 목소리로 "누구세요?"라고 했다. 그러자 문밖에서 어떤 남자 목소리가 들렸다. "아 .. 안녕하세요. 여기 문 앞에 치킨이 있어서요." 새벽이고 주변이 너무 조용해서 남자 목소리에 소름이 돋았다. 떨리는 마음을 진정시키고 "아 네. 알려주셔서 감사합니다." 하고 남자가 집에 들어가 문 닫는 소리가 들리자마자 바로 문을 열고 잽싸게 치킨을 가지고 들어갔다.

그때 뽀또도 소름이 돋았는지 그 이후로 문밖에 소리만 나면 엄청 하울링을 해댄다. 새벽에도 소리만 들리면 짖어대서 이웃집 사람들한테 피해가 갈까 걱정이 됐고 집주인한테 허락 안 받고 뽀또를 키우는 거라 주인아줌마가 알게 되면 어쩌지 싶었다. 뽀또가 짖는 걸 줄이기 위해 소리가 날 때마다 간식을 주거나 짖으려고 하면 흥분도를 낮추기 위해 바디블로킹을 하는 등 교육을 계속 해봤지만 소용이 없었다. 그래서 같은 층에 있는 이웃들에게 선물을 전달하기로 했다. 저희 강아지 때문에 죄송하다는 편지랑 귤, 초콜릿, 박카스를 넣은 종이 쇼핑백을 현관문 손잡이에 각각 걸어두었다.

집주인 아줌마에게는 사실 강아지를 키우게 되었다고 이실직고를 하였고 원하신다면 방 빼겠다고 하니 아줌마가 아직 계약기간도 있고 민원이 들어온 게 없어서 당장 빼는 건 좀 그렇다고 했다. 원래는 강아지 키우는 건 안 되지만 내 사정을 봐서 계속 키우게 허락해 주셨다. 그래서 본가에 들어가기까지 아무 일 없이 뽀또랑 잘 지냈다.

뽀또는 비숑과 미니비숑 사이에서 태어났고 8남매 중에서 제일 작은 아이다. 몸집이 작고 털에 힘이 없어서 어렸을 때부터 산책할 때 지나가는 사람들이 뽀또를 보고 말티즈, 푸들 같다고 했다. 사실 나는 뽀또가 비숑이 아니어도 좋고, 순종이 아니어도 좋다. 뽀또는 뽀또 그 자체라고 생각한다.

뽀또가 제일 좋아하는 건 간식 먹기, 공 던지기 놀이, 터그 놀이다. 제일 싫어하는 건 목욕, 발톱 깎이, 양치질이다. 발톱 깎이만 보면 손을 물려고 하고, 양치질을 하기 위해 어금니에 칫솔을 갖다 대기만 하면 으르렁거린다. 결국 둘 다 포기하고 발톱 깎는 건 병원에 맡기고 양치질은 그냥 치석껌을 주는 걸로 끝냈다. 뽀또도 편하고 나도 편하고 이게 가장 현명한 방법이라고 생각한다.

뽀또가 잠자는 곳은 거실 소파와 내 방 침대이다. 뽀또가 어렸을 때 원룸에 나랑 둘이 떨어져서 잔 적이 없기 때문에 혼자 자는 걸 굉장히 어색해한다. 나는 밝은 곳에서 잠을 못 자는데 아빠가 TV를 틀어 놓은 채 거실에서 잠이 들면 TV 화면 빛 때문에 눈이 부셔서 항상 방문을 닫고 잔다. 내 방문이 닫기면 거실에서 자고 있던 뽀또가 내 방으로 오기 위해 문을 미친 듯이 긁어댄다. 문을 안 열어주면 문 앞에서 울기까지 한다. 주로 새벽에 내 방으로 들어오는데 나는 잠귀가 밝기 때문에 그 소리에 바로 깨서 문을 열어준다. 내가 문을 안 열어주면 아빠가 열어준다. 그래서 아침에 일어나면 항상 뽀또가 내 발밑에서 자고 있다.

출근 준비를 하기 위해 평일에는 휴대폰 알람이 항상 7시 20분에 울린다. 알람이 울리고 일어나면 뽀또도 나랑 같이 일어난다. 일어나서 기지개를 켜고 "뽀또 잘 잤어?"라고 하면 뽀또는 꼬리 흔들면서 모닝 뽀뽀를 해준다. 평소에는 얼굴을 들이대면서 뽀뽀하자고 하면 절대 안 해주지만 이 순간이 유일하게 뽀뽀해 주는 시간이다. 뽀또는 츤데레다. 내가 일어나서 씻으러 가면 내가 출근하는 걸 아는지 아빠한테 가서 안겨있다. 출근할 때는 자기도 데려가달라고 보채지 않는데 친구들이랑 놀러 갈 때는 데려가달라고 항상 낑낑거린다. 어떻게 내가 출근하는 것과 놀러 가는 걸 구별하는지 모르겠다. 너무 신기하다.

최근에 뽀또 관절이 안 좋아져서 너무 걱정이다. 뽀또가 어렸을 때부터 오른쪽 뒷다리 슬개골에 탈구가 일어난다고 검진을 받았는데 당장 수술할 정도는 아니라고 해서 크게 신경을 안 썼다. 그냥 관절 영양제 먹이고 계단 내려가는 걸 자제하는 정도면 되겠다 싶었다. 하지만 사고는 예기치 못한 상황에 일어나는 거라고 얼마 전에 뽀또가 집에서 아빠랑 공 던지기 놀이를 하다가 발을 삐끗했다. 아빠는 깽- 하고 뽀또가 울자 놀래서 허겁지겁 뽀또를 안아 들고 마사지를 해줬다고 한다. 그 이후로 뽀또가 다리가 아픈지 하루 종일 웅크린 채로 앉아 있었다고 한다. 그런데 내가 퇴근하고 집에 오니까 아픈 내색 없이 평소대로 잘 걷고 뛰길래 심각한 상황은 아니라고 생각을 했다.

그런데 내가 잠시 밖에 나갔다 온 사이 아파트 관리사무소 안내방송 소리에 뽀또가 흥분한 나머지 엄청 짖으면서 이리저리 뛰다가 또 삐끗했다고 했다. 이번에는 제대로 일어서지도 못했고 아픈 다리를 좀만 건드려도 깽-했다. 뽀또 표정도 많이 아픈지 평소랑 다르게 장난기 있는 모습은 없고 상당히 안 좋은 표정이었다. 이건 진짜 심각한 상황인 것 같아 내일 아침에 바로 병원을 가 보기로 했다.

아침에 눈 뜨자마자 문 여는 시간에 맞춰 병원에 갔다. 의사선생님이 뽀또 다리를 만져보시더니 슬개골 탈구가 됐다 하시면서 잠깐 조치실에서 다리를 만져야겠다고 하시고 들어가신 후 다시 뽀또를 데리고 나오셨다. 그러고는 나한테 설명을 해주시는데 슬개골 탈구가 진행 중이고 이건 두 번 삐끗했다고 탈구가 되는 게 아니라 다리가 계속 안 좋았던 거라고 말씀하셨다. 그러면서 왼쪽 뒷다리랑 오른쪽 뒷다리의 근육량이 차이가 많이 난다면서 오른쪽 뒷다리가 안 좋아서 왼쪽 뒷다리만 쓰게 되면 왼쪽 뒷다리에도 무리가 올 거라고 수술을 고민하셔야겠다고 말했다. 뽀또는 아직 어리기 때문에 슬개골 수술이 크게 와닿지 않았는데 이렇게 갑작스럽게 수술을 고민해야 한다고 하니 나에게는 큰 충격이었다. 일단 진통제를 맞고 약을 먹이면서 더 지켜보고 수술을 결정하기로 했다.

현재는 약을 다 먹고 난 이후에도 일상생활에는 큰 지장이 없어 보였다. 뽀또의 다리가 아픈 이후로 나는 강아지 계단을 한 개 더 구매를 했고 짐볼도 사서 관절 운동을 계속 시키고 있다. 산책할 때도 다리를 절거나 그런 행동은 보이지 않아서 다시 병원에 가서 검진을 해 보니 의사 선생님이 슬개골 탈구 1-2기 정도라 하시면서 좀 더 지켜보자고 말씀하셨다. 뽀또가 아프지 말고 건강해졌으면 좋겠다.

5 에필로그, 뽀또에게 보내는 편지

　뽀또야 안녕. 세상에서 너를 가장 사랑하는 언니야. 뽀또야 너를 처음 본 순간부터 너와 나는 운명이라는 걸 느꼈고 너는 내가 꼭 책임져야겠다는 생각이 들었어.

　예전에 우리 둘이서 원룸 살이 할 때 언니가 출근하면서 퇴근하기까지 10시간 동안 혼자 두게 한 거 정말 미안해. 언니가 걱정돼서 CCTV로 계속 너를 보곤 했는데 너는 고맙게도 사고 한 번 안 치고 잘 자고 있더라. 우리 뽀또는 천사야.
　작년에는 뽀또랑 산책 많이 다녔는데 요새는 언니가 일 때문에 바쁘다는 핑계로 산책 많이 못 가주고 정말 미안해. 내년에 언니가 차를 사게 되면 좋은 곳 많이 데려다줄게.

　최근에 뽀또가 관절이 안 좋아서 언니가 많이 속상했어. 뽀또 건강관리를 제대로 못 해준 거 같아 마음이 안 좋고 심란했는데 뽀또가 그래도 기운 다시 차린 거 같아 너무 고마워.

뽀또야, 강아지들은 최대 수명이 20년이라고 하는데
우리 뽀또는 언니랑 50년, 100년 동안 같이 살았으면 좋겠어.
그러니까 항상 건강하게만 언니랑 같이 있어줘.
눈빛만 봐도 사랑스러운 뽀또야.
언니가 뽀또를 정말 사랑해♥

～ Writer

최혜린 X 최오꾸, 최오둥 @o_ogguya

강아지의 맑은 눈과 솔직한 마음을 사랑합니다.
사람과 동물이 함께 사는 세상을 꿈꿉니다.
오꾸, 오둥이의 과분한 사랑에 보답하고자 좋은 일에
함께하게 되었습니다.

대체로

행복한 삶이었기를

1 강아지는 처음이라서

대체로 행복한 삶이었기를 내가 먼저 불쌍한 강아지에게 세상을 가져다준 줄 알았는데, 그 생명은 내게 온 우주를 선물해 주었다. 오꾸는 내 인생의 첫 반려견이었고, 그 애 덕분에 나는 전에 느껴본 적 없는 새로운 사랑을 배울 수 있었다.

-

오꾸는 우리 이모가 다니는 회사 근처 가게에 버려지듯 맡겨진 강아지였다. 눈처럼 새하얀 털을 가진 그 말티즈는 일 년 동안 자라왔던 집에서 따뜻한 사랑을 배웠을 테지만, 알 수 없는 이유로 내버려졌다. 새하얗던 아이는 이제 원래 그런 털을 가진 강아지처럼 꼬질꼬질한 회색빛의 털을 두르고 있었고, 위험한 화물차들을 요리조리 피하는 재주로 구더기 꼬인 사료를 먹으며 살아가는 아이였다. 강아지들은 사람을 사랑할 수밖에 없는 병에 걸린 걸까? 자기가 어떻게 그곳에 왔는지도 모른 채 출근하는 사람들을 보며 꼬리를 휘두르며 달려왔던 그 하얀 말티즈는, 해가 어스름이 내려가고 사람들이 일

76

상으로 돌아가는 시간부터 긴긴 외로운 밤을 견뎠을 것이다. 모두가 지겨워하는 평일의 출근시간이 어떤 생명에게는 기나긴 밤을 견딜 수 있게 하는 원동력이었겠지. 어쩌다 듣게 된 불쌍한 강아지 이야기는 내 머릿속을 떠나지 않았다. 그때의 나는 스물여덟 살, 취업 한지 이년 정도가 지났고, 독립한지는 육 개월이 채 되지 않은 이제 막 둥지를 떠난 독립 새내기였다. 1인 가구에 부모님의 반대까지, 강아지를 데려오기엔 최악의 조건인 것을 스스로도 너무나 잘 알고 있어 입으로만 그 아이를 안쓰러워하던 나날들이었다. 그러던 어느 날 이모가 보내준 사진에는 여기저기 헤집어져 있는 짧아진 털의 강아지가 있었다.

엉킨 털이 답답해 보였던 걸까 억지로 붙잡고 가위로 막 자른 듯이 엉망이 되어있는 모습에 가위로 어디가 다치진 않았는지 걱정돼 일단 병원이라도 데려가보자는 말을 시작으로 오꾸가 내 인생에 들어왔다. 갑작스러운 만남인 듯했지만, 예상하지 못한 건 아니었다. 어쩌면 나는 그런 상황을 기다리고 있었는지도 모른다.

　그 이후부터는 너무도 뻔했다. 다른 좋은 주인을 찾아줄 수 있겠지 싶어 무턱대고 데려온 강아지는 내 삶을 송두리째 바꿔놓았다. 이전의 나는 출퇴근을 반복하며 빈 시간을 어떻게 써야 할지 공백을 두려워하는, 이대로 지속하기에는 미래가 더 이상 기대가 되지 않는 삶이었다. 생활이 너무도 단조로웠던 탓인지 언제나 사람의 온기를 갈구했고, 언젠가는 '이래서 결혼을 하고 아이를 낳나 보다, 인생이 심심해서'라는 미친 생각을 잠깐 하기도 했다. 그러던 와중 내 일상에 들어온 하얀 강아지는 내 의미 없는 공허함을 완전히 사라지게 해주었다.

　더 이상 퇴근 후 무엇을 해야 할지 고민되지 않았다. 산책만 하기에도 바쁜 저녁이었다. 더 이상 친구들을 만나려 떠돌아다니지 않았다. 내 강아지랑 함께하기에도 부족한 주말이었다. 남자친구가 바쁠 때에도, 이전처럼 나와 시간을 보내달라며 서운해하지 않았다. 내 옆엔 오꾸가 있었기 때문에. 그 작은 존재 하나가 나에게는 얼마나 큰 존재감을 가져다주었는지. 다시 돌이켜봐도 너무 신기한 일이었다. 나뿐만 아니라, 우리 가족에게도 변화가 찾아왔다. 친구만 찾던 다 큰 딸들은, 오꾸와 함께 놀러 가는 일에는 두 발 벗고 찾아왔다. 마치 집 안에 막둥이가 생긴 것 마냥 아빠 차에는 오꾸가 위풍당당하게 한자리를 차지해 산으로, 바다로 우리 가족들을 이끌었다. 온 맘 다해 즐거운 시간이었다. 그 기간이 그렇게 짧을 줄 상상도 하지 못했지만. 정해진 운명 같던 첫 만남처럼, 이별도 예상할 수 있었다면 얼마나 좋았을까.

정신없는 하루를 보내고 집에 돌아와 산책까지 다녀온 여느 때와 같은 평일 어느 날이었다. 배가 고파 주전부리를 사와 넷플릭스를 보며 앉아있던 나는 바스락거리는 소리에 옆을 돌아봤고, 초코과자 봉지를 씹고 있는 오꾸와 눈이 마주쳤다. 강아지에 대해 이제 막 배우고 있는 나지만 초코가 강아지에게 엄청 위험한 음식이라는 것은 알고 있었고, 곧바로 24시간 운영하는 동물 병원으로 오꾸를 데려갔다. 초콜릿을 먹었다는 나의 설명에 의사는 바로 구토 유발제를 맞혀 속을 게워내게 했다. 이후 뱃속에 음식물이 많아 한 번 더 구토 유발제를 맞힐 거라는 의사선생님의 말에 아무 생각 없이 고개를 끄덕였다.

나는 이때의 선택을 평생 후회할 것이다. 밖에서 기다리는 한 시간 동안 생각보다 시간이 조금 걸린다고만 생각하며 앉아있었다. 오꾸가 차가운 수술대 위에서 발작을 일으키고 있을 줄은 전혀 상상도 하지 못했다. 아이는 죽어가는데, 나는 비용이 얼마 나올까, 내일 출근하면 얼마나 피곤할까 하는 시답잖은 걱정만 하고 있었다.

이후 잠시 들어오셔야 할 것 같다는 의사의 말에 내 몸엔 잔뜩 힘이 들어갔지만, 아무렇지 않은 척 일어선 나에게 의사는 진료실이 아닌 수술실로 안내했고, 그곳에는 수술대 위에서 자고 있는 듯이 누워있는 오꾸가 보였다. 몸의 열기가 채 식지 않은 오꾸를 바라보는데 현실감이 느껴지지 않았다.

잠깐의 정적 이후에, 손을 대도 미동이 없는 오꾸를 보며 살리러 온 병원에서 죽이면 어떡하냐고 소리치며 원망하기도 하고, 선생님 여기서 포기하시면 안 된다고 울며 매달리기도 했다. 내 강아지, 오꾸는 그렇게 3개월 만에 내 곁을 떠났다.

2 슬픔의 무게

슬픔의 무게를 정해놓은 것은 아니지만, 때로는 그 크기를 숨겨야 하는 슬픔이 있다. 가족을 잃은 슬픔에 빠진 나에게 정신을 차리라는 듯이 금세 해는 떠올랐고, 살아있는 나에겐 마주할 현실이 있었다. 옷을 갈아입고, 거울을 바라보며 여느 때와 다름없는 출근 준비를 하면서 생각보다 괜찮다고 생각했다. 강아지는 강아지일 뿐이라고, 현실적으로 행동해야 한다고 몇 번이고 되뇌었다.

하지만 마음을 다잡고 출근한 회사에서 컴퓨터를 켜자마자 모니터 속에서 환히 웃고 있는 오꾸를 마주쳤을 때, 그곳이 회사라는 자각도 못하고 엉엉 울 수밖에 없었다. 무슨 일이 있냐며 놀라 묻는 팀장님께 차마 "키우던 강아지가 죽어서요."라고 대답하지 못 했던 게 기억이 난다. 그렇게 집으로 돌아와 오꾸의 장례를 치르고, 슬퍼하는 가족들의 모습을 보니 참으로 죄스러운 마음이 들었다. 강아지를 키우지 않던 우리 집에 내가 오꾸를 데리고 옴으로써 가족들이 평생 느끼지 않았어도 될 슬픔을 겪게 했다는 게 너무나 미안해서, 나는 도망치듯 본가를 나와 혼자 있기로 했다. 회사에서는 엉엉 울며 뛰쳐나온 탓에 나 홀로 누구의 눈치도 보지 않고 한껏 슬퍼할 수 있는 시간이 생겼다.

미친 사람처럼 울었다. 오꾸의 옷을 몽땅 가져와 그 냄새를 맡으며 울다 잠들기를 반복했고, 불도 켜지 않은 채로 생활해 낮과 밤의 경계가 사라졌다. 개냄새가 난다며 섬유 유연제를 넣고 빨아버려 오꾸 냄새가 사라진 옷을 잡고 스스로를 자책했다. 오꾸가 죽어간 병원을 원망하기도 했지만 생각의 끝은 결국 스스로에 대한 자괴감이었다.

구토 유발제를 두 번 맞히는 것에 동의한 것, 야밤에 병원에 데리고 간 것, 애초에 오꾸가 닿는 곳에 초코 음식을 놓은 것 모두 다 내가 자초한 일이었고 결국 원인은 나라는 생각에 스스로에 대한 혐오감이 온몸을 뒤덮었다. 슬플 자격도 없는 사람이라는 생각에 내 모습도 위선적으로 느껴졌다.

이제 와서 말하는 거지만, 내 자신이 어떻게 되든 상관없을 것 같다는 생각을 했다. 죽고 싶은 건 아니었지만, 더 이상 살아갈 자신도 없었다.

"지칠 때까지 울어. 슬퍼하고 싶은 만큼 슬퍼해."

나를 걱정하는 핸드폰 너머 엄마의 목소리에서도 눈물이 가득했는데, 엄마는 자신의 마음을 꾹꾹 눌러 담으면서도 나에게는 마음껏 울으라고 했다.

가족을 저 멀리 보냈지만, 또 다른 가족을 걱정할 수밖에 없는 엄마의 목소리를 들으며 나는 지독한 불효자라는 생각을 했다. 우리는 며칠동안 끊임없이 연락했다. 밥은 먹었는지, 잠은 좀 잤는지 서로가 서로에 대한 걱정뿐이었다. 애섭게도 시간이 지나니 눈물이 멈출 때가 있었다. 사람의 간사한 마음은 모든 감정을 무뎌지게 만들어서, 어느덧 내 슬픔을 추상적으로 만들었다.

병원에서 받은 오꾸 목숨 값은 50만 원이었다. 그저 강아지로 태어났을 뿐인 내 가족의 목숨 값은 겨우 그 정도밖에 되질 않았다. 변명하듯 처치의 정당성에 대한 설명을 들을 땐, 눈물도 나지 않았다. 멍하니 앉아있는 나에게 이해하지도 못할 의학적인 설명을 늘어놓고, 더 나아가 오꾸가 떠날 때의 과정을 담은 CCTV 영상을 보여줬을 때는 더 이상 원망할 겨를도 없이 제발 꺼달라고 부탁했다. 다 알겠다고, 어떻든 오꾸는 살아돌아오지 않는다고. 사과도 그만하시라고 말했다. 어차피 시간을 돌리지 않는 이상 모든 것은 의미가 없었고, 견뎌야 하는 것은 내 몫이었다. 이후 위로금의 명목으로 50만 원의 금액을 제시받았을 때에도, 어떠한 자존심을 가지고 화를 내지는 않았다.

하지만 내가 그 돈을 내가 어디에다 쓸 수 있었을까. 언젠가 만날 오꾸에게 조금이나마 당당해지기 위해서, 나는 그 돈이 값지게 써졌으면 하는 마음이었다. 쓰일 곳을 찾는 것은 너무나도 쉬웠다.

세상에는 동물이라는 이유만으로 간절한 삶을 버티는 존재들이 가득하다. 그중에서도 유달리 눈에 들어온 아이는 노란 털을 가진 아이였다. 이름은 머털이라고 적혀있었으며, 사진 속 처연한 눈빛이 꼭 예전의 오꾸를 보는 듯했다.

지금 생각해 보면 오꾸와 닮은 곳이라고는 하나도 없는데, 그땐 뭐에 씌었던 건지 오꾸와 너무 똑 닮아 보였던 머털이었다. 키울 자신은 없었다. 하지만 '12월 24일 공고 종료 예정'이라는 문장이 서글프게 다가왔다. 그 문장의 의미를 알기에, 찬란한 크리스마스이브에 차갑고 허름한 어느 공간에서 죄 없는 생명의 불이 꺼질 예정이었다. 참 아이러니하게 느껴졌다. 나는 새 주인이 나타날 때까지 오꾸를 닮은 그 아이를 지켜주기로 마음먹었다.

완료(입양)

[개] 믹스견

수컷(중성화 X)/ 크림/ 2021(년생)/ 13(Kg)

· 공고번호 : 광주-북구-2021-01014
· 공고기간 : 2021-12-13 ~ 2021-12-23
· 발견장소 : 북구 충효동
· 특이사항 : 21-1446 머털
· 보호센터 : 광주 동물보호소 (Tel: 062-571-2808)
· 담당부서 : 광주광역시 북구청 (Tel: 062-410-6557)

3 머털이 이야기

머털이는 새끼 때부터 길거리를 떠돌던 소위 말하는 들개 출신이다. 어디서 어떻게 태어났는지 그 출생을 전혀 알 수가 없다. 앳된 얼굴을 가지고 길거리를 돌아다니던 머털이는, 귀여운 외모 덕인지 친절한 사람들에게 밥을 얻어먹는 행운을 가질 수 있었다. 사람을 경계하면서도, 밥그릇을 놓아주면 헐레벌떡 달려와 싹싹 핥아먹던 아이였다.

어미도 없이 서툰 삶을 살아가는 강아지가 안쓰러웠던 한 아주머니가 다가올 추운 겨울이 걱정되어 머털이에게 새로운 주인을 찾아주었다. 젊은 사람들처럼 포인핸드 같은 어플을 알지 못했던 아주머니는 사용하던 중고거래 어플에 어설프게 글을 올리며 그저 머털이가 따뜻한 겨울을 지낼 수 있기만을 바랐다.

이내 머털이를 데려가겠다는 사람이 나타났고, 주인을 찾았다는 생각에 그저 감사한 마음만을 가진 채 사료 등을 사서 머털이를 보냈다고 한다. 그곳에서 머털이는 마당에 묶여 집 지

키는 개로 지내게 됐다. 살면서 억압받아본 적 없던 머털이에게는 다소 큰 변화였다. 그 집에서 머털이는 한 달도 채 되지 않아 시보호소로 보내졌다. 사람을 따르지 않고, 밤마다 하울링을 한다는 이유였고, 여느 시보호소와 마찬가지로 그곳은 안락사를 시행하는 곳이었다.

대체 버려지는 동물들이 얼마나 많은 건지, 넘치는 숫자를 감당할 수 없는 보호소의 공고 기간은 고작 일주일이었다. 어쩌면 다행히도, 머털이가 그 좁은 철장 안에 갇혀있던 기간도 일주일이 못된다는 뜻이기도 하다. 이것저것 생각할 겨를이 없던 나는 곧장 한 시간 반 거리의 보호소로 달려갔다. 외진 곳에 있어 한참을 헤매다 찾은 보호소는 대문을 두 번, 세 번 열어야만 들어갈 수 있는 철옹성 같은 곳이었다.

문을 열고 몇 발자국 걷지 않아 나는 이내 충격에 빠질 수밖에 없었다. 몇 마리나 되는지 모르는 강아지들이 새로운 사람을 보자마자 짖거나, 울어대며 그 존재를 각인시켰다. 몸을 앞뒤로 움직일 수조차 없는 칸칸이 작은 철장 속에서, 멍하니 허공을 바라보는 강아지, 나를 향해 짖어대는 강아지 심지어 사람이 내는듯한 찢어지는 울음소리를 내는 강아지까지 너무 많은 강아지들이 있었다. 진돗개의 숫자는 얼마나 많은지, 다른 강아지들처럼 독립시킬 철장의 숫자조차 부족해 좁은 울타리 안에 수십 마리가 부대끼며 갑자기 나타난 인간을 주시하고 있었다.

"머털이라는 강아지를 보려고 왔는데요.."

그 수많은 강아지들 중 한 마리를 특정 지어 말하는 나 자신에게 부끄러운 마음이 들 만큼, 수백 개의 눈이 나를 향해있었다. 따라오세요, 하는 직원의 뒤를 따라 들어가니 사진 속의 그 아이가 보였다. 철장 안에 있던 머털이는 딱히 나를 향해 관심을 보이지는 않았다. 그냥 허공 어딘가를 멍하니 바라보고 있었다. 배변이 땅으로 떨어질 수 있게 뜬장의 모습을 한 바닥이 다소 불편했기 때문인지, 긴 다리를 뻣뻣이 선 채로 어떠한 미동도 없이 허공을 바라보고 있었다. 오히려 관심을 갈구하는 쪽은 나였다. 움직이는 모습을 보고 싶어 철장 사이로 내 손을 들이밀었더니, 그제야 내 손 쪽으로 고개를 돌리는 머털이었다. 킁킁대며 냄새를 맡는 모습에 손을 이리저리 옮겨보았다. 머털이는 이내 내 손을 따라 머리를 이리저리 움직였다.

 -"밖으로 꺼내보면 안 될까요?"
 -"다른 강아지들이 보고 있기 때문에, 그건 좀 어려워요"

다른 강아지들? 주위를 둘러보니 수많은 존재들이 눈에 들어왔다. 사방이 강아지였다. 나를 바라보며 울부짖고 있었다. 나를 향해 짖는 수많은 존재들을 보며 눈물이 왈칵 날 것 같았다. 짧지만 오꾸를 키워보며 알 수 있는 눈빛이었다. 그것은 분명 경계의 느낌이 아니었다. 모든 아이들을 눈에 담으면서 고통스러운 마음이 같이 들었다. 이내 직원에게 본래의 목적을 말하기 위해 입을 열었다.

　-"저는 이 아이에게 새 주인이 나타날 때까지 임시보호하고 싶어서요"
　-"아 죄송하지만, 임시보호는 안돼요"
　-"네?"
　-"저희는 입양이 아니고서는 아이를 데려갈 수 없어요"
　-"안락사가 얼마 남지 않았는데도, 임시보호가 안 되나요?"
　-"끝까지 입양이 되지 않았을 때, 임시보호로 데려갔던 아이들을 저희는 다시 받을 수가 없어요. 오로지 '입양' 목적으로만 데리고 갈 수 있어요"

　보호소 직원은 친절하지만, 다소 단호한 목소리로 내게 말했다. 예상치 못한 상황에 일단은 알겠다고 말하며 보호소를 나왔다. 나는 아직 오꾸를 대신할 용기가 없었다. 허탈한 발걸음으로 대문을 닫고 나와 차에 올라탔는데, 어쩐 일인지 쉽사리 집으로 향할 수는 없었다. 이상한 일이었다. 아직 누군가를 데려올 자신은 들지 않았는데, 집으로 돌아가기에는 내 마음이 진득하게 붙어있었다. 이러지도, 저러지도 못할 때 나는 마냥 어린아이처럼 엄마에게 전화를 걸었다.

　"엄마, 나 사실은, 보호소에 왔어."
　말도 없이 멋대로 행동했으면서, 이기적인 서두로 이야기를 시작했다.

"오꾸를 닮은 애가 있어서 왔는데, 아이가 생각보다 커. 사납지는 않은 것 같아. 엄마 사실은 나도 잘 모르겠어, 데려올 자신은 없는데, 근데 눈에 밟혀. 엄마 나 어떡해 엄마..."

보호소 앞에서 한 시간가량을 앉아있었다. 지금 이 아이를 데려간다는 것은 너무도 충동적인 결정이었다. 내가 이 아이를 충분히 책임질 수 있을지, 이성적으로 생각해야 함이 너무도 분명했지만, 사실 나는 알고 있었다. 13kg의 대형견, 지금 이 순간을 벗어나면 데려오지 못할 수밖에 없는 여러 이유를 대며 합리화할 것이 분명했다. 단지 오꾸를 닮았다는 이유만으로 그 자리를 떠나지 못했다기엔, 내 스스로에 대한 실망감도 있었던 것이 사실이다. 함께할 수 있을지 없을지 외형으로 고민한다는 것이 강아지를 쇼핑하는 것과 무엇이 다른지, 평소 소신과는 다른 행동을 하고 있는 내 모습에 나는 수많은 생각과 책임감을 걷어내고 느끼는 대로 행동하기로 했다. 그게 나와 어울린다고 믿었다.

"엄마, 자식도 내가 선택해서 낳는 것은 아니잖아. 보러 온 이상, 내가 데려가야 할 것 같아."

고민했던 시간이 무색하게도, 결정을 내리자마자 모든 일은 일사천리로 진행됐다. 이 아이를 책임지겠노라 짐짓 굳은 목소리로 말하는 나에게, '이 아이는 하울링이 있고 정을 주지 않아 파양된 아이인데 정말 괜찮으시겠어요? 파양은 절대 안 돼요. 며칠까지는 꼭 애견 등록을 해주셔야 해요. 그리고......' 걱정 어린 시선으로, 어쩌면 신뢰하지 못하는 눈빛으로 내게 주의해야 할 사항을 줄줄이 나열하는 직원이었지만 그 모든 것은 아무런 문제가 되지 않는 당연한 일들이었다. 머털이는 내가 가족이 되겠다고 마음먹은 지 채 십분도 되지 않아 내 가족이 됐다. 어쩌면 허탈하기까지 했다. 마음만 먹으면 나쁜 짓도 할 수 있겠다고, 괜히 투정 어린 말을 내뱉으며 머털이를 오꾸의 켄넬에 넣고 차에 태웠다.

집에 가는 한 시간이 넘는 시간 동안 불안해할 법도 한데, 아무 소리도 내지 않는 머털이었다. 심지어 미숙한 운전 실력으로 커브길에 켄넬이 넘어졌을 때에도, 낑 소리 한번 내지 않는 아이였다. 군산에 도착한 뒤, 도저히 집 안에는 들일 수 없는 털 상태가 눈에 보였다. 오후 늦은 당일예약을 쉽게 받아주지 않아 몇십분을 방황한 뒤에야 일단 와보라는 곳이 있어 곧바로 데려가 온몸의 털을 깎았다. 아이의 몰골을 보고 출신을 추측한 미용사가, 꽤나 많은 수의 진드기가 몸에 붙어 있었다고 했고 아무래도 벌써 나를 주인으로 인식한 것 같다고 했다. 왜요? 되물으니 내가 문밖으로 나가 이리저리 움직이는 순간에 머털이의 눈빛은 계속 나만 쫓았다고 했다. 만난 지 채 하루도 안된 강아지지만, 그런 말은 나를 무장해제시키기에 충분했다.

4 미안해, 그리고 고마워

　머털이의 새 이름은 오둥이가 되었다. 못생긴 이름으로 지어야 오래 산다느니, 음식 이름으로 지어야 오래 산다느니, 어설픈 미신으로 장수의 염원을 담은 여러 이름 후보들이 있었지만, 며칠을 같이 지낸 내가 느낀 바로는 세상에 이렇게 순한 강아지가 있을까 싶어 오꾸+순둥이를 합친 오둥으로 지었다.(물론, 지금은 이 콩깍지가 벗겨진지 오래다)

　짧지만 오꾸를 키워봤기 때문에 오둥이를 키우는 것은 조금 수월할 줄 알았는데 그것은 크나큰 착각이었다. 외모뿐 아니라 성격마저 오꾸와는 비슷한 면이 전혀 없는 오둥이인지라, 당황한 적도 많고 조금 더 힘이 들 때도 있었지만 그런 모습 덕분에 오꾸의 잔상이 덮어지지 않은 것 같아 다행이라는 생각이 들 때도 있다. 누군가 나에게 오둥이를 오꾸의 대체로 생각한 것이 아니냐 묻는다면 사실 아니라고 말할 순 없을 것이다. 나는 오둥으로 인해 오꾸의 부재를 내가 견딜 수 있을 만큼의 슬픔 정도로 겪어나갈 수 있었다.

　초반에는 내 이기심을 스스로가 너무도 잘 알고 있어 이를 모른척하고 싶었다. 오꾸에게도, 오둥이에게도 미안한 마음이 가득 차 100% 진실된 마음으로 대하지 못한 적도 있었다. 오둥이를 앞에 두고 엉엉 울거나 하는.. 끝까지 이기적인 주인의 행동을 바라보며 오꾸는, 오둥이는 어떤 생각을 했을까? 마음이 전해진다면 그땐 나도 온전치 않았다고 미안했다고 사과하고 싶다.

　지금은 두 아이들에게 모두 고마운 마음뿐이다. 아이들을 키우며 진정한 행복에 대해 느낄 수 있었다. 그저 같은 공간에 있는 것만으로도 우울감을 없애주고, 몽글몽글한 마음이 들게 하는 존재. 퇴근 후 내 몸을 뉘기에도 부족한 시간에 다시 옷을 갈아입고 강아지 육아를 시작해야 하는 건 너무도 수고로운 일이지만, 하루 종일 집에서 나만 기다리다가 나에게만 집중하는 그 존재가 웃는 얼굴을 볼 때 내 수고로움은 아무렇지 않은 게 된다.

5 내 어린 강아지들에게

　너희로 인해 나는 조금 더 나은 사람이 되기로 마음먹었다. 세상 사는 의미를 몰라 괜히 투정만 부리던 나에게, 너희가 찾아온 순간 살아가야 할 갖가지 이유들이 생기기 시작했어. 너희를 보살피며 조금 더 나은 사람이 된 듯한 느낌이 좋았고, 어쩌면 이기적인 이유로 너희를 통해 나의 살아있음을 느꼈던 것 같기도 하다. 존재 이유가 없던 나에게 그 이유를 만들어줬다는 사실만으로도 너희는 내게 너무도 소중한 존재 아니겠니. 스무해를 넘게 살아오면서 삶의 감정은 모두 배웠다고 생각했는데, 내 오만이었고 착각이었다. 차마 말로 설명할 수 없는 너울진 감정들을 어떻게 단순한 단어로 표현할 수 있겠냐마는, 보고 있어도 보고 싶은 존재라느니 사랑이라는 단어로 표현이 안되는 감정이라느니 이런 낯부끄럽지만 창의적인 사랑 문장들을 보며 나는 너희를 생각하곤 해. 차가운 바닥에서 혼자 지새는 그 긴 밤들이 얼마나 외로웠어? 나는 그 모든 힘든 일들을 견딘 너희들이 인간보다 강한 존재라고 믿어 의심치 않는다.

　너희와 살고 나서 감정이 충만해진 나는, 귀엽기만 하던 길고양이들이 안쓰러워지기 시작했고, 그저 무서웠던 짧은 목줄의 시골개들이 불쌍해지기 시작했어. 그런 아이들을 생각하며 정답 없는 슬픔에 빠져 허우적대다가도, 너희의 과거를 생각하며 다시금 정신을 차리고 내 상황에서 할 수 있는 것들을 찾아보곤 해. 내 스스로가 이타적인 사람이라고 생각해본 적 없었는데, 너희는 나에게 새로운 세상을 가르쳐 준 선생님이기도 하다.

　오꾸야, 오뚱아. 어느 TV 프로그램에서 '매 순간 그럴수는 없겠지만 대체로 행복했으면 좋겠다'는 말이 나왔는데, 나는 너희가 생각나더라. 오꾸야, 그런 삶이었니? 오뚱아, 지금 너는 어때? 나로 인해 대체로 행복한 삶이었기를, 그런 삶이 되기를 바라며 편지를 마친다.

Ps. 미래의 나에게

-

몇 년 뒤의 내가 이 편지를 되새길지는 모르겠으나,

많은 상황이 변했을지언정 네 옆의 사랑하는 존재들을 믿고 의지하며,

실망시키지 않는 삶을 살고 있길 바라.

Writer

강선미 X 청아, 린아

자연의 순리대로 그 속에서 평안하게 살아가기를 희망합니다.
사랑하는 청아, 린아와 함께했던 시간들이 가장 행복했었고,
지금은 비록 제 곁에 아이들의 실체는 없지만
언젠간 반갑게 만날 날들을 기다립니다.

영원히 사랑해

1 만남
: 만나는 일

　우리의 만남은 계획이 되었던 것이었을까? 아이들을 처음 만났던 그 순간부터 느껴진 강한 이끌림과 반가움에 나는 어찌할 줄 몰랐었던 거 같다. 단순히 우연이라는 이름으로는 우리의 만남을 정의할 수 없었고, 지금은 그 만남이 틀림없이 꼭 만났을 필연이라는 생각이 든다. 어릴 적부터 이루기 힘들 거라고 생각해서 가슴 깊은 곳에서만 간직해 온 나의 소망이었던 '강아지 키우기'를 우리 청아, 린아가 이뤄주었다.

　아빠가 작은 상자 속에 청아를 데리고 왔을 때, 어리둥절한 표정으로 꼼지락거리며 냄새를 맡아 탐색하는 모습은 아직도 나의 눈에는 선하게 보인다. 엄마는 강아지를 못 키우겠다며 원성을 내고 있었지만 처음으로 마주한 환경에 갸우뚱거리는 청아의 모습을 보며 나는 "이름을 뭐라고 지을까?"라는 생각으로 웃음을 보이면서 작은 생명체의 두 눈을 마주하고 있었다. 낯설어하는 모습이 너무 귀여웠고, 장난스러운 마음을 담아 '멍청이'라고 한 번 불렀던 것이 '청아'라는 예쁜 이름으로 정해지게 되었다. 가족 구성원들이 "청아야~"라고 부르면 청아는 자신의 이름을 알아가면서 자신의 이름이 불릴 때마다 이름이 불리는 곳을 바라보고, 움직이며 단번에 서로에게 길들여졌다. 그러면서 우리의 '가족'이 되었다.

　나는 세상에 있는 모든 사람들에게 청아가 나의 강아지라는 것을 자랑하고 싶었다. 그래서 어디든 데리고 다니면서 청아가 나의 강아지라는 것을 사람들에게 알릴 수 있을 만큼 알렸다. 동네 슈퍼를 갈 때에도, 은행을 갈 때에도, 심심해서 동네 한 바퀴를 돌 때에도 어디든 청아를 꼭 데리고 다녔다. 그 시절 유행했던 미니홈피에도 매일 다양한 모습의 청아가 찍힌 사진을 업로드했다. 이름이 뭐냐고 물으면 "우리 청아에요." 라고 답했고, 사람들의 입에서 "생긴 것처럼 이름도 예쁘다." 라는 말이 들릴 때면 청아의 이름을 내가 지어줬다는 사실이 그렇게 뿌듯할 수가 없었다.

　나는 학교 강의가 빨리 끝나기를 매일 기다리며 청아가 있는 집에 가고 싶었고, 엄마는 청아가 낮에 했던 에피소드들을 들려주며 웃음을 전해주셨다. 아빠 또한 디지털카메라를 가지고 다니시면서 청아와 같은 견종인 시츄를 만날 때면 사진을 찍어오셔서 "청아 친구들 만났다."라고 하시며 사진을 보여주시곤 했다. 내가 사춘기를 겪으며 성인이 되면서 서먹해진 우리 가족들의 관계는 청아를 중심으로 모여앉아 서로의 얼굴을 보면서 웃음을 주고 받았고, 대화를 이어갈 수 있었다.

한없이 애기 같았던 우리 집 청아가 온 지 1년 3개월 후에 아빠가 출장을 가셨던 곳에서 한 부부로부터 보살핌을 제대로 받지 못하는 강아지를 만나게 되었다. 며칠 보살펴주다가 다시 주인에게 돌려보낼 생각으로 잠시 데리고 왔지만 주인을 다시 만나지 못했고, 가족들과 상의한 끝에 우리 집의 막내로 맞이하게 되었다.

아빠가 출장을 가실 때면 매일 저녁 메신저로 그날에 찍었던 강아지들의 사진을 전송해 주셨었는데 막내로 오게 된 우리 집 강아지는 어느 한 날 부산 암남공원에서 찍혔던 강아지였다. 사진으로 만났던 아이를 직접 보게 되었다는 사실이 나는 더 반갑고, 애틋하게 느껴졌었다.

반가워하면서 격한 반응으로 다가가는 청아와 우리 가족들과는 다르게 이전의 생활과는 많이 달랐을지도 모르는 상황을 경계하며 조금은 힘들어했을 막내 강아지는 내 눈에 그저

'사랑스러움'으로 가득 차 있었다. 우리 집에 처음으로 왔던 날 밤, 나의 머리 맡에서 자리를 잡아 잠을 들었던 그 모습과 눈빛이 아직도 생생하게 남아있다. 우리 막내 강아지는 그때 무슨 생각을 했을까? 낯선 상황이 많이 힘들지는 않았을까?

청아의 몸집보다는 좀 작았고, 털의 색깔도 짙었으며, 눈의 모양과 냄새도 모든 것이 달랐다. 계획된 만남은 아니었으나 청아를 대하는 같은 마음으로 대하고 싶다는 생각을 담아 이름을 정하고 싶었다. 하루를 고민하면서 눈빛이 맑았던 청아의 이름에는 '맑을 청(淸)'이라는 뜻으로 다시 담았고, 새로 맞이한 막내 강아지에게는 같은 뜻으로 '맑을 린(潾)'이라는 한자를 사용하여 '린아'라는 이름을 짓게 되었다. 예전에 불렸던 이름이 있어서인지 처음에는 자신의 바뀐 이름을 알아가는 데에 시간이 걸렸지만 이내 자신의 이름을 잘 알아들었다.

다른 동물들에게는 예민하고, 철저하며 엄격했었던 청아였지만 린아에게는 기다림을 보이면서 챙겨주며 수용적이었다. 그런 청아를 린아도 무척이나 따랐다. 린아는 산책을 갈 때면 청아의 옆에서 주변을 감각으로 느끼고, 청아가 먹는 음식을 보며 따라 먹었고, 청아의 옆자리에서 휴식을 취하면서 잠을 청했다.

청아, 린아의 만남으로 우리 집은 이전보다 더욱더 북적거렸고, 그만큼 미소와 웃음이 끊이질 않았다.

2 행복
: 충분한 만족과 기쁨을 느끼며 흐뭇함

꼼지락거리며 엉뚱한 행동들과 사랑스러운 눈빛에 사로잡혔던 나의 시각.

찰찰 거리는 소리는 내면서 물을 마시고, 오독오독 사료를 씹어 먹을 때와 밤이면 쩝쩝거리는 소리로 웃음을 자아냈으며 "엉! 엉!"거리는 낮고, 깊은 소리의 청아 짖음 소리 그리고 "앙! 앙!"으로 높으면서 간절하게 느껴졌던 린아의 말소리가 들렸던 나의 청각.

청아와 린아의 꼬수운 발 냄새, 각자 다른 체취가 느껴졌던 눈물 냄새, 가끔 진하게 퍼져나가는 방귀 냄새에 중독되었던 나의 후각.

고구마, 옥수수, 수박, 참외 그리고 아침마다 엄마와 함께 커피를 살짝 찍어 나눠먹었던 모닝빵까지 같은 맛을 느끼며 먹는 즐거움을 함께 나눴던 나의 미각.

매일 아침 나의 침대에서 부드럽게 만져지는 털들로 하루를 시작할 수 있게 했으며 눈이 마주치는 매 순간 건드리고 싶었던 촉촉한 코, "손!"이라고 하면 나의 손에 올려주던 그 앞발과 가벼운 무게, 작은 입과 혀로 전해주던 뽀뽀로 따뜻함을 느꼈던 나의 촉각.

내가 오랫동안 소망했었던 청아, 린아와 함께하는 시간들에서 나의 모든 감각과 마음은 '행복'을 가득 전해 받았다.
친구들과 함께 노는 것보다 청아, 린아와 산책하는 시간이 더 즐거웠으며 아무리 웃기다고 평가받는 TV프로그램을 시청하는 것보다 청아, 린아가 잠들어 올록볼록 움직이는 배를 바라보는 것이 더 재미있었다.
아이들과 함께 하는 모든 시간들 안에서는 아무 걱정이 생기지 않았고, 바라만 보고 있어도 웃음이 절로 났다.

어떤 날에는 집 밖으로 산책을 가서 청아가 걸으며 엉덩이를 씰룩씰룩 흔드는 모습이 어찌나 귀엽던지 크게 웃음이 나서 멈추지도 않아 사람들이 나를 이상하게 본 적도 있고, 집에서 린아가 나를 바라보며 꼬리를 흔드는 모습이 너무 사랑스러워서 밤에 크게 웃다가 엄마에게 미쳤냐는 소리를 듣기도 했다.

우리는 사람들 간의 언어로 통해 소통을 하진 못했으나 몸짓과 눈빛, 서로를 어루만지는 손끝 등을 통해 우리가 얼마나 사랑을 하고, 믿음이 기반으로 하는 마음을 나누고 있는지에 대해 충분히 소통할 수 있었다. 그런 시간들이 쌓이고, 쌓일수록 매일, 매 순간마다 더 커져가는 마음은 헤아릴 수 없었고, 그만큼 내 마음의 행복도 부풀어져만 갔다.

청아, 린아와 함께 하는 모든 것이 좋았다.

청아, 린아와 함께 할 때면 내 얼굴에는 미소가 떠나질 않았다.

청아, 린아와 함께 하는 것이 나의 가장 큰 행복이었다. 그리고 그 어떤 것도 지금까지 청아, 린아만큼 나에게 행복을 주는 것은 없다.

3 모성애
: 자식에 대한 본능적인 사랑

해줄 수 있는 모든 걸 해주고 싶고, 나로 인해 편안함을 느끼길 원했으며 아프거나 다치지 않게끔 보호해주고 싶었다. 마지막 순간까지도 할 수만 있다면 나의 남은 수명이라도 나누고 싶을 만큼 함께하는 시간이 연장되기를 간절히 기도했다.

나의 그늘 안에서 그저 아이들이 안정되고, 건강하기를 바랐다. 아직 실제로 자식을 낳아보지는 못했지만 청아, 린아가 나의 동생, 나의 딸로 느껴졌었다.

'사랑'이라는 감정에 대해 받는 것에만 익숙했던 나에게 어떠한 대상을 보살피며 사랑할 수 있다는 자체로 감사함을 느끼게 해주는 존재였다. 아무것도 바라지 않았다. 바라고 싶은 마음도 전혀 들지 않았다. 그저 온전히 우리 청아, 린아를 무조건적으로 사랑했다. 무척이나 많이 사랑했고, 지금까지도 사랑하고 있다. 내가 사랑할 수 있고, 그 대상이 한없이 사랑스러운 청아, 린아라는 사실이 고맙기만 할 뿐이다.

　나의 동생, 청아는 너무 똑 부러졌었다. 자신의 생각과 감정을 잘 표현하고, 가족들을 잘 챙기기도 했다. 물론 고집스러운 부분도 있고, 불편한 것들에 대해 깨무는 식의 조금은 공격적인 반응을 보이기도 했으나 보이지 않는 감정들을 읽을 수 있어서 나의 기쁨은 더욱 크게, 나의 슬픔과 힘듦에는 위로를 해줬다.

　육류를 좋아하는 청아에게 채소를 먹이고 싶어 상추와 함께 고기를 건네주면 입속에서 상추만 쏙 골라내 뱉어내고, 요리조리 눈치를 살피며 원하는 곳으로 산책코스를 정해 다니면서 자신이 힘들면 벤치를 향해 짖어서 쉬고 싶음을 전해줬었다. 또 우리 가족이 겪었던 일들로 힘들어할 때면 조용히 옆에 다가와 요동치는 나의 마음을 잔잔하게 가라앉혀주기도 했다. 그래서인지 청아에게는 청아가 원한다면 좋은 걸 더 많이 알게 해주고, 보여주고, 가르쳐주고 싶었다.

　나의 딸, 린아는 숨 쉬는 것조차 기특하기에 그지없었다. 걸어 다니는 것은 어디에서 배웠으며, 짖는 것은 누굴 보고 따라 하는 것이며, 코 고는 것은 어떻게 소리 내는 것이며, 대변을 볼 때면 배의 힘을 주는 건 언제부터 했었는지, 산책을 할 때면 어떤 냄새를 어떤 생각으로 받아들이는지.... 린아가 하는 모든 것에서 신통함을 느꼈다. 도통 알 수 없는 표정을 보일 때 무슨 생각을 하고 있는지, 생각이라는 걸 하는지조차 너무나 궁금했으며 나를 바라봐 주는 것만으로도 사랑스러웠다.

아침에 일어날 때면 폴짝폴짝 뛰며 반가워했지만 점차 누워 있던 자리에서 반가워하다가 나중에는 꼬리만 흔들고, 결국에는 달콤한 잠을 방해할까 봐 자는 척을 했던 청아.

아무것도 아는 것이 없다는 표정으로 갸우뚱거리는 모습이 많이 보였지만 원하는 거 앞에서는 갑자기 똑순이로 변신하며 갖은 애교와 장기를 보여주면서 좋아하던 것을 쟁취하던 린아. 작은 에피소드들 속에서 아직도 아이들이 느껴진다.

근래에 엄마와 '청아, 린아가 사람이었다면?'이라는 주제로 대화를 나눴던 적이 있었는데 청아는 욕심이 있어서 사회적으로 한자리 차지했을 거 같다고 하고, 린아에게는 우리 집의 재산을 끌어모아 프랜차이즈 빵집이라도 차려주자고 우스갯소리를 하곤 한다.

4 상실
: 어떤 대상과 관계가 끊어지거나 헤어지게 됨

함께 하는 시간이 무한하지 않으며, 그 시간이 점차 줄어들고 있음을 머리로는 이해하고 있었다. 미래를 인지했지만 전혀 준비하지 않았고, 예상을 했지만 부정하기만 했었던 일들이 일어났다.

청아가 림프암이라고 했다. 함께 하는 시간이 2주 밖에 남지 않았다는 소식을 전해 들었다. 허벅지와 겨드랑이에 멍울이 만져지고, 단순히 밥을 잘 먹지 않아 기력이 없어 보여 낮에 엄마와 병원을 다녀왔었다는데 퇴근을 하고 집으로 돌아온 나에게 믿기지 않는 이야기를 전해주셨다. 며칠 전까지만 해도 건강하게 지내던 나의 동생과 함께 할 날이 얼마 남지 않았다니 믿기지 않았다.

그 후로 청아는 이전과는 매일매일 달라진 모습이었다. 몇 시간씩 힘차게 뛰어놀았던 다리에는 힘이 풀려 몇 걸음 걷지를 못하고, 우렁차게 짖던 모습에서 힘을 짜내듯이 도움을 달라며 겨우 소리를 냈으며 앞이 잘 보이지 않는지 부딪히거나 가만히 서있기도 했다. 힘들어하고, 두려워하기도 했다. 그런 청아를 볼 때면 나는 청아가 없는 나의 생활을 상상할 수 없다

며 뒤에서 눈물짓곤 했다.

 내가 가장 사랑하는 청아가 너무나도 아팠다. 내가 해줄 수 있는 건 청아가 도움을 청하면 다가가 도움을 주고, 아프지 않도록 살살 쓰다듬어 주는 거 외에는 아무것도 해줄 수 있는 것이 없었다.

 2019년 6월 25일. 청아는 엄마의 품에서 14년 2개월의 시간을 마무리하고, 하늘나라로 떠났다. 나의 동생, 나의 소망을 이뤄주었던 사랑하는 나의 강아지 청아가 하늘나라로 떠났다. 이렇게 큰 슬픔을 느껴본 것이 처음이었다.

 외갓집 산소에 청아를 눕혀두고, 집으로 돌아오는 길이 현실로 느껴지지 않았었다. 아직도 집에서는 청아의 냄새가 나고, 현관문을 열면 안방에서 청아가 나올 것만 같고, 청아가 잘 앉아있던 자리에 청아의 모습이 그려졌지만 청아의 실체가 보이지 않았다.

 마음이 너무나 아팠지만 말하지 못하는 린아도 청아로 인한 슬픔에 힘들어할 텐데 이런 나로 인해 더 힘들지 않았으면 하는 마음에 청아를 보낸 슬픔을 되도록 보이지 않으려고 노력했었다.

 그렇게 1년가량의 시간을 보낸 후에 린아는 숨소리가 가빠지고, 숨 쉬는 걸 힘들어하는 모습을 보였다. 병원에서는 정확한 원인을 찾지 못했고, 폐에 튜브를 심어 염증을 빼내는 처치를 해주었다. 점점 힘들어하는 린아를 보며 린아의 생명에도 불꽃이 사그라지는 걸 느꼈고, 결국 청아와 똑같이 나와 14년 2개월의 시간을 함께한 채 2020년 9월 16일에 영원히 잠들었다.

청아가 그렇게도 보고 싶었던 거니? 아니면 청아를 무척이나 잘 따랐었는데 함께 했던 시간인 14년 2개월의 시간까지 따르고 싶었던 거니?

내 삶에 가장 큰 행복을 주었던 아이들이 모두 떠나고 난 후에 더욱 크게 느꼈다. 내가 생각했던 것보다 나는 청아, 린아를 더 크게 사랑하고 있었다. 그리고 청아, 린아로 인해 채워졌던 것들이 얼마나 많았는지를 온몸으로 아파하며 느꼈다.

그리고 그 후로 나에게는 하늘을 바라보는 버릇이 생겼다. 고개를 들었을 때 맑고, 깨끗한 모습을 보노라면 가끔씩 아이들이 하늘에서 잘 지내고 있다고, 하늘나라가 참 좋다고 전해주는 메시지로 느껴져 안도의 마음을 가져보게 된다.

아직도 청아, 린아가 잠든 곳에 들를 때면 마음 가득 아이들을 느낄 수 있지만 나의 두 팔과 가슴으로 아이들의 실체를 한 번만이라도 꼭 안아 보게 해달라고 아무 곳에나 투정을 부린다.

5 흔적
: 지나간 뒤 남은 자국이나 자취

"강아지들은 왜 안 데리고 나왔어요?" 주변의 사람들의 말.
반려동물에 대한 홍보를 전해주는 휴대폰의 메시지.
 우연치 않게 눈에 띈 아이들이 긁은 발톱 자국에 의해 헤진 벽지.
 냉장고 구석에서 발견되는 강아지 간식거리.
 책꽂이 사이에서 멈칫하게 하는 강아지 질병안내책.
 스마트폰에서 추천으로 알림이 전해지는 강아지들을 위한 음악들.
 창고를 열 때 가장 크게 보여지는 청아, 린아의 유모차.
 청아를 괴롭히다가 상처가 났었던 나의 입술에 새겨진 흉터.
 린아가 장난감으로 잘 가지고 놀던 나무젓가락.
 매년 달력에 표시를 해놓는 청아, 린아의 생일과 기일……

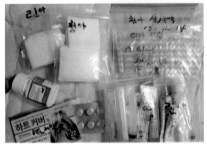

생활 속에서 아무렇지 않게 접했던 아이들을 떠올리게 하는 것들을 문득문득 마주할 때면 나의 가슴이 차갑게 식으며 딱딱해지는 느낌이 든다. 마음이 아프다는 것을 알면서도 나는 아직 아이들의 물건을 모두 다 정리하지 못했다. 정리하지 못한 것들을 보며 나는 아직 아이들을 느끼고 싶다. 아이들을 느끼면서 이렇게라도 나에게 조금은 더 머물도록 붙잡고 싶다.

그래서 계획되어 있던 이사도 가지 못했으며 잘 사용할 수 있는 청아, 린아가 남긴 물건들을 다른 아이들에게 나눠주면서 정리하자는 엄마와의 크고, 작은 말씨름을 하기도 한다.

우리 집 한 곳에는 아이들을 떠올리며, 기억할 수 있는 공간을 마련해놓고 있다. 청아와 린아가 보고 싶을 때면 그 공간을 찾아가 사진 속으로나마 아이들의 눈을 마주하고, 하고 싶은 이야기를 전한다.

'하늘나라에서도 잘 지내고 있니?'

'언니 생각은 안 해도 되니까 친구들이랑 신나게 놀고 있으렴.'

'이곳은 추운 겨울이 되었는데 너희들이 있는 곳은 따뜻하지?'

'청아야, 여전히 우리 린아 잘 챙기면서 같이 다니고 있지?'

'린아야, 잘 따랐던 청아 옆으로 가니까 행복하니?

'청아린아야, 너무 많이 보고 싶어.'

' ...... '

6 영원
: 어떤 상태가 끝없이 이어짐

청아, 린아의 실체만 없을 뿐이다. 내가 청아, 린아를 아직까지도 사랑하는 마음은 예전과 같다. 어쩌면 점점 더 커지고 있는지도 모르겠다. 청아, 린아도 나와 엄마를 아직까지도 사랑하는 따뜻한 마음이 전해진다.

아이들이 우리 집에 사랑스러운 막내들이었던 것은 사실이며, 그 사실은 영원히 변하지 않는다. 또 소중하고, 끈끈하게 엮어진 우리 연의 끈은 절대 풀어지지 않을 것이며 지금도, 앞으로도 이어지고, 이어질 것이다.

흔히들 사후세계와 또는 윤회가 있다고 이야기한다. 사후세계가 있다면 시간이 흘러 내가 이 세상을 떠나게 될 때에 너무나도 사랑하고, 그리워하는 청아, 린아를 다시 만날 수 있게 되어 기쁘고, 반가운 마음을 가질 수 있을 거 같다. 그리고 청아, 린아를 만나 정말 반갑게 인사를 나누고, 그동안의

안부를 묻고는 헤어짐이 없는 영원한 앞날을 꿈꿔왔었다고 전할 것이다.

 또 윤회가 있다면 우리가 언제든 다시 어떠한 모습과 관계를 통해 계속적으로 이어지고 있는 연에서 서로가 서로를 알아볼 수 있기를 바란다.

사랑하는 나의 강아지 : 청아, 린아에게

청아, 린아야! 신나게 뛰어노느라 바빠서 요즘엔 언니 꿈에도 나와 주질 않는 거 보니 하늘나라에서도 여전히 잘 지내고 있음이 느껴져서 기특한 마음이 들어.

이곳은 너무 추운 겨울이야. 땅을 밟을 때에 발이 차가워서 꽁꽁거리고, 눈 속에 숨어있는 냄새를 찾아서 맡고는 입과 코 주위에 하얀 눈을 잔뜩 묻혀 언니를 바라봤던 모습이 생각나네.
또 이때쯤에는 고구마와 가족들의 생일 케이크를 함께 맛있게 나눠먹었던 기억들이 떠오른다.

가만히 생각해 보면 청아, 린아로 인해서 언니의 삶은 더 풍요로워졌어. 그저 밋밋했던 일과들에서 청아, 린아와 나눈 일상들의 행복과 따뜻함이 여전히 남아있는 듯해.

봄이면 예쁜 청아의 생일을 맞기도 하고, 환하게 피는 꽃들의 향기를 맡으며 산책했던 길들을 아직도 지나다녀. 또 여름이면 귀여운 린아와의 만남이 떠오르고, 시원하면서 달콤했던 수박을 나눠먹기도 했지. 가을에는 청아, 린아의 털 색깔과 잘 어울렸던 낙엽들과 사진 찍기에 바빴고, 겨울이면 고구마 말랭이를 잘근잘근 씹으면서 맛있게 먹던 시간들이 스쳐 지나간다.

언니는 그저 너희들을 보고만 있어도 행복했었어.
모든 것이 예뻤고, 모든 행동들이 사랑스러웠단다.
아직도 엄마와 너희들의 추억을 이야기하며 웃고,
많은 순간들에서 떠오르는 기억들로 가슴 깊이 사랑을 느껴.

하늘나라에서도 서로를 의지하면서 행복만이 가득하게 지내다
먼 훗날 언니와 반갑게 다시 만나기를 바라고 있을게.

예쁜 뚝순이 청아, 착한 순둥이 린아.
사랑해. 그리고 앞으로도 영원히 사랑해.

～～～ Writer

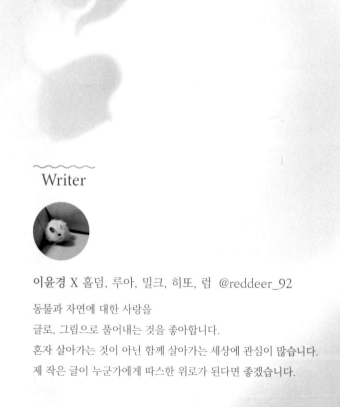

이윤경 X 홀덤, 루아, 밀크, 히또, 럼 @reddeer_92

동물과 자연에 대한 사랑을
글로, 그림으로 풀어내는 것을 좋아합니다.
혼자 살아가는 것이 아닌 함께 살아가는 세상에 관심이 많습니다.
제 작은 글이 누군가에게 따스한 위로가 된다면 좋겠습니다.

햄스터 남매들의 나날

1 우리 모두에게 사랑이 시작되던 순간

"오빠, 우리 반려동물 키울까?"
어느 겨울밤, 나는 침대에 누워있는 남편에게 말을 꺼냈다.
"응? 갑자기?" 남편이 되물었다.

그러면서 그는 이미 예견되어 있었다는 듯 아무 말 없이 조용히 휴대폰을 들어 폭풍 검색을 하기 시작했다. 사실 남편은 나보다 동물들을 더 좋아한다. 길고양이들도 어떻게 알고 따라붙는지 남편만 졸졸 따라다니며 애교를 부린다. 나는 그에게 '인간캣닢'이라는 별명을 붙여 주었다. 그 정도로 동물을 좋아하고, 또 동물들도 본능적으로 그를 따르지만, 남편은 절대로 먼저 반려동물을 키우자는 말을 하지 않는 사람이다. 한 생명을 오롯이 책임져야 하는 무게를 누구보다 잘 알고 있는 사람이기 때문이다.

우리 부부는 친구들보다 일찍 결혼한 편이었다. 서로가 넉넉하게 시작하진 않았어도 나름 주어진 삶에 자리를 잘 잡아가고 있었다. 하지만 홀덤이가 우리 집에 오던 그해는 유독 우리에게 힘든 한 해였다. 고등학교 동창이었던 친구가 세상을 떠났고, 사촌 동생도 세상을 떠났다. 나도 직장에서 새로운 지점 오픈을 앞둔 상황이라 정말 정신없고 바쁠 때였고, 남편도 회사 일 때문에 스트레스를 많이 받으며 마음고생을 참 많이 했다. 그렇게 한 번도 싸우지 않았던 우리가 언성을 높이는 일이 생겼다. 서로에게 주는 사랑도 좋지만 서로 공감대가 더 있었으면 했다.

결혼 3년 차 신혼부부였던 우리는 작은 주상복합아파트에 살고 있었고, 둘 다 맞벌이를 하고 있었기 때문에 강아지를 키우기엔 산책에 대한 부담도 컸다. 반면 산책이 불필요한 고양이는 털이 감당이 안 될 것 같았다.

또 당시 살던 집이 신축 전세 입주라 혹시라도 새집에 생채기가 나면 집주인과 갈등도 무시할 수 없었다. 그래서 우리는 케이지 한 정으로 키울 수 있는 작은 소동물로 알아보았다. 조금만 눈을 돌려보면 생각보다 다양한 반려동물들을 볼 수 있다.

친칠라, 토끼, 하늘다람쥐, 기니피그 등등. 우리는 여러 품종 중 돌고 돌아 햄스터를 키우기로 정했다. 어릴 때 키워본 기억이 있어서 그래도 좀 더 잘 키울 수 있지 않을까 하는 마음이었다.

자, 그렇다면 이제 어디서 데려올 것인가? 난 개인적으로 대형마트 수족관 판매대에서 데려오고 싶지는 않았다. 그 작디작은 아이들이 여러 마리 붙어 있는 모습이 너무 마음 아팠고, 개체가 건강할지 확신도 들지 않았다. 그래서 울산에서 수소문한 끝에 북구에서 소동물 전문 분양하는 곳을 어렵게 찾았고 늦게 연락이 닿았다. 미리 많은 개체를 보고 공부도 하고 갔다. 나는 골든 햄스터 종으로 노랗고 하얀 아이를 데려오고 싶었다. 눈도 반짝반짝했으면 좋겠다며 기쁜 마음으로 갔다. 그곳에서 나를 사로잡은 건 리빙박스에서 펄쩍펄쩍 뛰고 있는 회색 털을 가진 아이다.

'와 진짜, 활발하다', '어떻게 해서든지 탈출하고 싶어 하는 건가?' 저 미칠듯한 점프력과 힘이 정열적인 나와 굉장히 잘 맞는 아이라고 생각했다. 사실 분양점에서 다른 예쁜 햄스터 친구들도 정말 많았고 이 아이는 내가 생각했던 아이와 전혀 달랐던 그림이라 마지막까지 진짜 고민을 많이 했다. 난 이미 그 움직임에 빠져버렸다.

2 햄스터를 처음 키울 때

　반려동물을 키우는 사람 누구나 똑같이 내가 보호하는 아이에게 잘해주고 싶은 마음일 것이다. 특히 나는 어릴 때 햄스터를 처음 키우면서 했던 실수들을 만회하고 싶었다. 이번에는 정말 마음을 다해 키우고 싶었다. 나와 남편은 어떻게 하면 홀덤이를 더욱 건강하게 키울 수 있을지 고민을 많이 했다. 여러 정보를 얻으려고 커뮤니티 카페도 가입하고, 다양한 보호자가 올려준 의견도 읽으며 공부를 많이 했다. 사람에게도 의식주가 중요한 것처럼 모든 동물에게도 안전한 보금자리와 양질의 식사가 필수적이다.

　우리 부부는 시간이 많이 드는 케이지부터 맞췄다. 한국에서는 햄스터를 보통 리빙박스로 많이 키운다. 리빙박스 크기가 충분하다는 이야기가 아니다. 어디까지나 최소 규격이다. 어릴 때 보았던 가방 크기만 한 쇠창살 케이지는 정말 최악이다. 지금도 버젓이 잘 팔리고 있는 현실이 씁쓸하다.

대체로 초등학생들이 키우는 햄스터 케이지를 보면 이러한 형태로 되어 있다. 단순히 햄스터라는 동물이 작고 예쁘다고 사면 반려동물 삶의 질이 확 떨어진다. 이 부분은 부모가 반려동물을 키우는 이유와 책임감을 아이들에게 확실하게 교육해야 한다. 다행히 요즘은 햄스터 보호자 인식도 많이 좋아져서 최대한 넓은 공간으로 해주려고 하는 사람들이 점점 늘어나고 있다.

우리는 신혼이라 다행히 집에 여유 공간이 있었다. 햄스터의 적정 케이지 크기를 알아보다가 독일 동물보호 규격으로 기준점을 찾았고, 따로 아크릴판을 주문해 집에서 직접 조립을 하고 제작했다. 조금이라도 홀텀이 활동성을 높여주고 싶었기에 내린 결정이었다. 탈출 천재인 햄스터들의 '프리즌 브레이크'를 막으려고 높이도 충분히 높였다. 사실 좀 과하게 높인 부분도 있다.

나도 키가 제법 큰 편인데 먹이를 줄 때나 케이지 청소를 할 때는 팔을 끝까지 뻗어야 했다. 나중에는 아크릴 케이지 높이가 너무 높았음을 인정하고 이렇게까지 할 필요가 없었음을 깨달았다. 그래도 후회는 없다. 영화 '쥬라기 공원'에서도 온갖 대비책을 동원해 준비해놓지만 소용없다. 공룡들은 어떻게든 탈출을 한다. 그들은 약간의 틈을 보이면 절대 놓치지 않는다. 그게 자연재해가 됐던, 공원 시스템 문제가 됐던 늘 사건 사고는 터진다.

우리 햄스터들도 마찬가지였다. 다만 공룡들과는 다르게 모두가 너무 귀엽다는 것이 큰 차이점이다! 햄스터들도 입을 크게 벌려서 포악한 척하지만, 그마저도 정말 귀엽고 사랑스럽다!

햄스터를 키운다고 하면 주위 반응

햄스터를 키운다고 하면 나오는 다양한 반응들이 있다. 대부분은 다음과 같다. "오, 정말? 키운 지 얼마나 됐어?", "돈은 많이 들지 않아?", "밤에는 어떻게 해?" 등등 사실 어떤 반려동물을 키운다고 하든 들을 수 있는 질문이다. 부모님들 반응은 정말 가지각색이었다. 완전 뼛속부터 경상도 스타일인 우리 할머니는 햄스터를 키운다는 이야기를 듣고 필터링 없이 바로 융단폭격을 날렸다.

"아이고, 무시라, 느그는 애를 키워야지 쥐새끼를 키우고 있노."

엄마는 햄스터가 새끼를 잘 친다고 걱정했고, 이모랑 이모부는 설치류들에게는 각종 세균이 많다며 걱정했다. 실제로 햄스터들은 청소만 잘 해주면 아주 깔끔한 생명체이다. 의외로 나를 가장 놀라게 한 반응을 보인 사람은 바로 아버지였다. "그래 맞다, 니는 어릴 때부터 햄스터 좋아했었다." 내가 기억하는 아버지는 정말 바쁜 분이었다. 그래서 당연히 이런 부분까지는 알 수 없을 텐데, 그런 작은 것까지 기억하고 계셔서 진짜 깜짝 놀랐다. 그때 뭉클한 감동이 있었다. 그렇다면 동생은? 이유가 없다. 그냥 엄청나게 싫어했다.

3 분명 한 마리만 키우려고 했는데요? 왜 다섯 마리인가요?

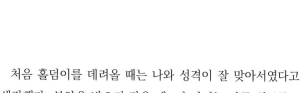

처음 홀덤이를 데려올 때는 나와 성격이 잘 맞아서였다고 생각했다. 분양을 받으러 갔을 때, 이 아이는 다른 친구들보다 가장 활발하게 움직이고 있었고, 처음 본 사람인 내가 손을 내밀어도 쪼르르 달려오는 것이 친화력도 가장 좋았다. 하지만 이게 웬일? 집에 온 홀덤이는 코빼기도 비치지 않았다.

'그래, 초반에는 적응기가 필요하리라.' 약 2주 동안 충분히 새집에 익숙해질 시간도 주고 핸들링도 과하게 하지 않고 기다려 주었다. 한 달이 지나고, 마침내 우리 부부는 깨달았다. 홀덤이는 나를 닮은 것이 아니라 남편을 완전히 빼다 박은 거였다. 남편은 개인 시간을 엄청 중요하게 여기는 사람이다. 나는 사람으로 에너지를 얻는 유형인데 남편은 반대로 사람을 만나고 오면 에너지를 뺏긴다. 그는 밖에 나간 시간과 비례하게 혼자 있는 시간도 절대적으로 필요한 유형이다. 홀덤이도 그랬다. 이 친구는 모두가 잠든 새벽에 미친 듯이 쳇바퀴를 탄다. 하지만 사람 소리가 나면 그대로 굳어버린다. 이건 키우면서 점점 더 확실해졌다.

'아! 이건 이 아이 성격이구나.'

나로서는 아쉬운 마음에 조금 더 자주 모습을 보여주면 좋겠는데 이 아이는 밀고 당기기 천재였다. 우리 집에 데려온 지 한 달이 넘어도 얼굴을 본 건 손에 꼽았고, 심지어는 얘가 잘 살아있는지 걱정이 되어 베딩을 살살 걷어 확인까지 하는 정도였다. 귀여운 솜뭉치를 자주 보고 싶었지만 내 마음처럼 모습을 잘 비치지 않는 비싼 김홀덤씨는 겨우 새벽에만 몰래, 그것도 멀리서나마 볼 수 있었다.

반려동물이라는 새로운 가족이 들어오면서 집 안 분위기도 많이 바뀌고, 함께 대화를 나누는 시간도 늘어난 부분이 정말 좋았다. 그리고 생각보다 잘 키울 수 있을 것 같은 자신감이 생겼다. 그래서 우리 부부는 지금 상황이라면 딱 한 마리만 더 키워도 좋을 것 같았다. 성별이 다른 객체를 분양하기 전에 확고한 결정을 세운 것이 있었다. 무조건 '1 케이지 1마리 원칙'을 고수하기로. 실제로 햄스터들은 서로 유대관계가 좋지 못하다. 어느 정도 크고 나면 무조건 케이지 분리를 해야 한다. 우리는 최대 두 마리로 선을 그었기에 처음부터 따로 케이지를 마련해 놓고 분양을 받았다.

눈처럼 하얀 이 친구는 '루아'였다. 루아는 낮이고 밤이고 늘 활발한 친구였다. 정말 애교도 많고 적응력도 유난히 좋아서 모두에게 사랑을 듬뿍 받았다. 어느 날 남편 친구가 놀러와 루아를 보고 한 마디를 툭 던졌다.

"근데 루아 원래 저렇게 배가 나왔어?"

나는 그게 무슨 말이냐며 크게 신경 쓰지 않고 넘겼다. 그런데 날이 갈수록 루아의 행동이 달라졌다. 루아는 베딩을 가져가서 입구를 안 보이게 꽁꽁 막아 놓기도 하고 행동도 예민해졌다. 사료도 남편이 몸무게에 맞춰서 정량으로 주는데 평소보다 과하게 저장했다. 그리고 결정적으로 점점 배가 불러오기 시작했다!

'이게 무슨 일이지?' 믿을 수 없는 일이었지만 일단 루아 건강이 먼저였다. 우리는 최대한 스트레스를 받지 않게 환경을 조성해 줬다. 케이지 윗부분을 검은 천으로 덮어주고, 투명했던 케이지 옆 부분도 담요로 둘러 밖이 최대한 덜 보이도록 해줬다. 먹이도 사람 손이 닿게 되면 냄새 때문에 스트레스를 받을까 봐 전용 숟가락으로 주었다. 그리고 계속 기다리며 한 달이 지났다. 진짜 새끼를 밴 것이 맞을까? 건강이 안 좋은 걸까? 온갖 생각을 하며 보냈다.

당시 케이지는 소파 옆에 있었는데, 어느 날 나도 모르게 책을 읽다가 고개를 확 돌렸다. 이전에는 들어본 적이 없는 아주 얇디얇은 찍찍 소리가 들렸기 때문이다. 실제로 햄스터들은 시끄럽지 않다. 쳇바퀴 돌리는 소리가 날 수는 있지만, 종 자체가 시끄러운 종은 아니다. 전혀 들어보지 못한 종류의 소리에 깜짝 놀랐다. 우리 루아는 강한 새끼 세 마리를 낳았다. 얼마나 기특했던지!

그렇게 우리는 다섯 마리 햄스터를 키우게 되었다. 첫째 홀덤이는 데리고 오는 길에 이름을 지어줬었다. 세 마리나 이름을 정해야 한다니! 칵테일을 좋아하는 우리 부부 취향을 따라 아이들도 부르기 쉬운 이름을 골랐다. '홀덤', '루아'에 이어 '밀크', '히또', '럼'. 그렇게 우리 집에는 다섯 마리 햄스터들이 살게 되었다.

밀크, 히또, 럼의 아가 시절/ 엄마 루아와 함께

4 루아가 우리 집에 오기 전, 비하인드 스토리

"이 친구로 데려갈게요." 하얗고 반짝거리던 눈이 너무 예뻤던 루아. 작고 뭉툭한 코가 얼마나 귀엽던지, 수많은 아이 중에 유독 정감이 갔다. 인연이 되려고 그랬나 보다. 사장님이 바로 데려갈 준비를 해주실 것 같았는데 아니었다. 그녀는 살짝 걱정스러운 말투로 운을 뗐다.

"다들 건강한 아이들이라 키우는 데는 문제가 없으실 거예요. 다만⋯." 이어지는 말.

"어제 수컷 햄스터 한 마리가 암컷 케이지로 들어갔는데 제가 오늘 아침에 발견했거든요. 확인 후 바로 분리를 시켰지만, 걱정돼서요. 여기 암컷 무리 중에서 새끼를 낳을 확률이 높아요."

그러니까 어제 수컷 햄스터가 암컷 케이지로 들어갔는데 누구와 뜨거운 밤을 보냈는지는 모른다는 말이지?

"보니까 두 분 모두 잘 키우실 것 같은데 잘 골라서 데려가세요." 사람 좋아 보이는 그녀는 환하게 웃으며 말했다.

그렇다, 그 햄스터가 바로 우리 집에 오게 된 루아다. 루아가 우리 집에서 복덩이들을 낳고 난 후 사장님께 연락해본 결과, 그곳에서 새끼를 낳은 햄스터는 아무도 없었다고 한다.

5 '첫 이별', 루아 해씨별로 가다

　우리 루아는 새끼들을 지극정성으로 돌봤다. 간혹 새끼들이 달라붙어 귀찮게 해도 싫은 내색 하나 없이 집 안으로 들이고 먹이를 먹는 법을 가르쳤다. 새끼들이 태어나고 쑥쑥 커서 어미인 루아 먹이를 넘보자 공간 분리도 해주었다. 이제 루아의 '육아 퇴근'!

　하지만 새끼를 낳고 키운다고 너무 힘이 들었는지 루아는 우리에게 새로운 생명들을 남겨 놓고 얼마 되지 않아 곧 세상을 떠났다. 하루하루 말라가는 루아에게 좋다는 영양제도 주고, 따로 특식도 준비해 줬었는데 소용이 없었다. 집 안에 아픈 식구가 있는 사람이라면 누구나 공감할 것이다. 아플 때 내가 어떻게 할 수 없는 부분이 너무 괴로웠다. 쳇바퀴도 바람같이 씽씽 달리던 루아였는데 이렇게 보내야 한다니. 이별이 너무 빨리 찾아왔다.

나보다 먼저 퇴근을 한 남편이 나에게 미리 놀라지 말라고 진지하게 이야기했다. 그는 루아가 떠난 것 같다며 늘 비어있던 먹이가 줄어들지 않았다고 했다. 루아는 본인이 못 먹더라도 끝까지 은신처 안으로 가져가서 숨겨놓곤 했었는데 먹이가 그대로였다.

우리가 너무 마음 아파할까 봐 그랬는지 입구를 꽁꽁 막아 놓은 루아. 겨우 막아 놓은 것들을 빼고 보니 안에 하얀 솜뭉치가 동그랗게 있었다. 언제 이렇게 작아졌을까…. 너무 가벼워진 우리 루아였다. 같이 지낸 시간이 짧았어도 우리 사랑을 듬뿍 받았던 아이라 더욱 힘들었다. 루아는 남은 이들이 걱정되어 새끼를 세 마리나 낳고 떠났을까…. 새끼들이 자꾸 눈에 밟혀서 어찌 떠나려나….

해씨별에서는 좋은 일만 있기를……. 다음 생에서는 부디 오래 장수할 수 있는 동물로 태어나기를 빌고 또 빌었다.

6 좌충우돌 다섯 햄스터 탈출기

아무리 탈출 경로를 막아났더라도, 이 녀석들은 어떻게든 탈출을 한다. 어떤 경우에는 햄스터가 사람보다 더 똑똑한 것 같은 착각도 일으킨다. 그래서일까? 햄스터를 키우는 커뮤니티에서 '햄스터들의 지능은 탈출에만 몰려있다.'라는 우스갯소리도 있다. 이 작은 생명체들은 팔다리도 짧으면서! 어떻게 매번! 신기한 탈출 경로를 생각해 낼 수 있을까? 우리도 여러 번 추격전을 찍었다. 그때마다 햄스터 케이지 안 물건들 배치를 몇 번이나 바꾸고 나서야 녀석들의 탈출 통로를 완벽하게 막을 수 있었다.

김홀덤 탈출기
홀덤이는 케이지 벽이 높아서 안심하고 제법 긴 놀이 기구를 넣어주었는데 다음 날 확인해 봤더니 사라졌다. 내가 장담한다. 분명 그의 팔다리가 닿을만한 거리가 아니었다. 하지만 김홀덤 그는 해냈다. 햄스터들이 좋아할 만한 곳에 먹이를 두고 온 신경을 집중했다. 허탕이었다. 나도 출근을 해야 했기에, 남편이 반차를 내고 집으로 돌아와 다시 홀덤이를 찾게 되었다. 혹시 어디 틈에 들어가서 끼였을까, 행여나 문에 찍힐까 온갖 걱정이 꼬리에 꼬리를 물고 이어졌다. 그날 밤, 우리는 먹이를 온 집 곳곳에 거의 뿌려놓은 수준으로 두었다. 밤에 어딘가에서 나오더라도 굶지는 않길 바라는 마음이었다.

하루가 지났다. 먹이에는 손댄 흔적도 없이 전날 밤과 똑같았다. 초조한 마음에 다시 또 찾아봤지만, 이번에도 허탕이었다. 걱정스러운 하루가 또 지났다. 마침 공구를 쓸 일이 있어 TV 서랍장 밑을 열었다. 이럴 수가! 드디어! 회색 솜뭉치 발견! 우리 홀덤이는 서랍장 밑 청테이프 사이에서 쿨쿨 자고 있었다.

'하⋯. 이 녀석, 여기 있었다고?' 욱하는 마음도 잠시, 그 순간 살아 있어 줘서 정말 고마웠다.

그런데 어떻게 TV 서랍장으로 들어갔는지는 아무도 모른다. 오직 홀덤이만 방법을 알뿐이다. 분명 뒤편이 막혀 있는 걸 확인도 했었다. 이건 지금도 안 풀리는 의문이다. 고양이 액체설과 맞먹는 햄스터 액체설이다.

김루아 탈출기

루아는 1층 케이지가 보금자리였다. 코코넛으로 만들어준 은신처를 밟고 나간 것으로 추정된다. 이 정도면 거의 햄스터들과 '추적 60분'이다. 제법 무게감 있는 유리로 천장 쪽을 잘 덮어놔서 안심했는데 이들에게 안심이라는 단어는 쓸 수가 없었다. 어떻게 나간 건지는 실제로 본 적이 없다. '김홀덤 탈출 사건'과 마찬가지로 정확한 탈출 경로를 알 수가 없다. 루아는 TV 장식장을 좋아하는 홀덤이와 다르게 부엌 하부장에서 발견되었다. 그 큰 문을 열고 들어갈 수가 있나? 이 경우는 TV 장식장보다 더 이해할 수 없었다. 냉장고 뒤로 부엌 싱크대랑 연결된 틈이 있었나 예측만 할 뿐이다.

김이또&김럼 탈출기

이 둘은 같은 베이지색으로 루아가 낳았다. 뒤에 나올 밀크와 함께 삼 남매다. 이 둘은 형제의 난을 자주 일으켰다. 같은 1층에 키웠지만, 케이지는 달랐는데 정말 알 수 없는 노릇이었다. 하루는 히또가 럼이 집으로 넘어가서 크게 다친 적이 있었다. 귀에 구멍도 나고, 다리에도 피를 흘리고 자잘한 상처도 나 있었다. 구획을 더 철저하게 나눌 걸 얼마나 후회를 많이 했는지 모른다. 소 잃고 외양간 고친다는 말을 이렇게 쓴다. 아이들에게 너무 미안했다. 다친 히또에는 소독약을 희석해서 발라주고 영양제도 주고 몇 날 며칠을 돌봤다. 아직 어린 햄스터라 그런지 다행히 빨리 회복했다. 하지만 이때 다친 다리가 움직일 때 살짝 불편해진 건 어쩔 수가 없었다. 그렇게 히또는 내 아픈 손가락이 되었다.

7 나이가 든다는 것, 이별을 준비해야 하는 시간이 다가온다는 것

밀크는 앞에서도 말했지만 정말 폭발적인 에너지를 가진 아이였다. 늘 사람을 좋아해서 모르는 사람이 와도 손등에 쪼르르 올라가는 바람에 되레 내가 서운해할 정도였다. 그랬던 밀크가 조금씩 활동량이 줄어들기 시작했다. 일부러 제일 넓은 공간에서 뛰어놀게 해줬는데 잠자는 시간이 늘었다. 눈으로 가장 먼저 확인이 된 것은 바로 털 빠짐이었다. 빽빽하게 덮인 밀크 털들이 빠지기 시작했다. 단순한 털갈이가 아니었다. 이번에 빠진 털들은 새로 나지 않았다. 대신 그 밑에 얇은 분홍빛 피부가 보였다. 서서히 마음의 준비를 해야만 했다. 시간이 제법 지나 글을 쓰는 지금에도 가슴 한구석이 먹먹한데, 당시에는 정말 마음이 무거웠다. 보낼 자신이 없었고, 계속 내가 못 해준 것만 신경 쓰였다. 이러한 상황을 친구에게 털어놓았다. 당시 새로운 반려견 가족이 생긴 친구는 나보다 더 걱정하며 답장을 보냈다. 햄스터 전용 크기 미니 관을 보냈다는 것이다. 정말 깜짝 놀랐다. 나는 아이들 마지막 이별을 이렇게 생각을 못 하고 있었나 싶어 반성하게 되었다. 목관을 미리 준비해두면 오래 산다는 친구의 그 말이 얼마나 위로가 되던지…. 글을 쓰는 지금도 그녀에게 고마움을 보낸다. 덕분에 우리 아이들은 원래 수명보다 6개월 정도 더 살고 갔다.

털 빠짐이 시작된 밀크 낮잠 시간, 그래도 예쁘다, 예뻐!

8 햄스터 삼 남매의 도원결의

한 배에서 태어난 우리 햄스터 삼 남매들도 아주 깊고 진한 인연으로 그런 약속을 했었나 보다. 삼 남매 중에서 밀크가 활동량이 너무 많아서 그랬는지 노화되는 속도가 눈에 띄게 보였다. 그래서 다른 햄스터 아이 중에서 제일 많은 걱정을 했었고 실제로도 밀크가 가장 먼저 해씨별로 떠났다. 밀크가 해씨별로 떠난 날, 이상하게도 출근하기 전에 애들 방에 잠시 들렸었다. 가만히 눈으로 아이들을 찾아 숨 쉬는 것을 확인했다. 작은 배가 오르락내리락하는 걸 보면 저절로 마음이 따뜻해진다. 홀덤이도 집 틈새로 살짝 확인했고 히또도 잘 있고, 럼이도 곯아떨어졌구먼. 흐뭇해하며 밀크에게 인사를 했다. 조용했다. 지난번에 애가 불러도 안 일어나 완전히 놀래서 심장이 철렁한 적이 있었다. 그때는 밀크가 그냥 잠이 너무 깊게 들었었다. 짧은 해프닝으로 끝이 났었다. 하지만 그때도 얼마나 놀랐는지. 이번에도 그렇겠지? 밀크를 한 번 더 불렀다.

반응이 없어서 입으로도 살짝 후 하고 불어보았다. 느낌이 이상했다. 한 번도 느껴보지 못한 기분. '밀크야?' 하고 톡톡 쳐봤는데 꼼짝도 하지 않는 아이. 앞은 이미 눈물 때문에 안 보였지만 난 출근을 해야 하는 상황이었다. 일단 이 상황을 남편에게 먼저 알렸다. 손가락이 너무 떨려서 최대한 오타가 나지 않게 하려고 집중해서 보낸 기억이 난다.

나는 여전히 떨리는 손으로 친구가 6개월 전부터 보내준 목관 함을 꺼냈다. 처음에 봤을 때는 나무함이 햄스터 크기보다 좀 작지 않을까 했었다. 조심스레 그 작은 몸을 눕히기 시작했다. 행여나 털이라도 빠질까 천천히 밀크를 눕혔다. 밀크가 마지막 가는 길에 몸을 동그랗게 말고 있어서 진짜 몸에 맞춘 듯 딱 맞았다.

남편도 마지막 모습을 아직 못 봤기 때문에 함에 옮긴 후에 바로 밀봉은 하지 않았다. 사람처럼 따로 영안실을 만들 수 없었기에 냉동실에 있는 아이스팩을 꺼내 수건으로 감싼 후 나무상자 주위를 둘렀다. 조금이라도 덜 상하길 바라는 마음이었다. 그리고 출근을 했다. 그때 그 무거운 발걸음이란…. 얼른 시간이 지나 저녁에 남편을 보고 펑펑 울고 싶은 마음이었다. 퇴근 후 본 남편은 생각보다 단단히 마음먹은 듯했다. 그는 고이 잠들어 있는 밀크를 안타까워하며 마지막 마무리를 어떻게 하고 싶은지 내게 물어보았다.

한국 생활법률정보에 따르면 반려동물 사체 처리 절차는 크게 2가지로 나뉜다. ('사체 처리'라는 단어도 섬뜩한 느낌이 든다) 동물 병원에서 후처리하는 경우와 개인이 하는 경우 이렇게 정해진다. 동물 병원에서 죽은 경우는 의료폐기물로 분류되어 병원에서 자체적으로 처리하거나 보호자에게 인도한다. 반려동물이 동물 병원 외 장소에서 죽으면 생활폐기물로 분류되어 해당 지방자치단체의 조례에서 정하는 바에 따라 생활 쓰레기봉투 등에 넣어 배출하면 생활폐기물 처리업자가 처리하게 된다. 이때 매장, 화장, 장례 및 납골 등 모두 동물장묘업에 등록된 시설에서 해야 한다.

> 「폐기물 관리법」 제2조 제1호 · 제2호,
> 제14조 제1항 · 제2항 · 제5항,
> 「폐기물 관리법 시행령」 제7조 제2항,
> 「폐기물 관리법 시행규칙」 제14조 및 별표 5 제 1호).

많은 반려동물을 키우는 보호자들이 느끼겠지만 내가 키우던 반려동물을 쓰레기봉투에 넣어 보낸다는 것 자체가 정말 쉽지 않은 일이다. 실제로 루아를 먼저 보냈을 때는 그렇게 법대로 보냈다. 따로 예쁜 상자를 준비하고 루아가 좋아했던 장난감들이랑 같이 넣어 보냈다. 법적으로 한 건 맞지만 시간이 지나 보니 그 일이 참 후회스러웠다. 현실과 법 사이에서 괴리감이랄까.

그때 가슴 아팠던 기억으로 이번에는 그렇게 보내고 싶지 않았다. 그렇다고 관련 법을 어기고 아파트 화단에 묻을 수도 없고, 남몰래 산에 가서 묻을 수도 없는 노릇이었다. 방법을 찾아야만 했다. 큰 동물들이 장례를 치를 때 수목장을 하듯이 작은 동물들은 화분장을 한다고 했다. 화분장은 수목장과 비슷하지만, 규모 차이가 좀 더 작다. 적정한 깊이가 있는 화분에 흙을 담고, 아이를 묻고 다시 그 위에 흙을 올린다. 일정한 흙높이가 채워지면 그곳에 식물을 심는 형태이다.

난 식물과는 전혀 인연이 없어서 걱정을 많이 했다. 조금 더 깊게 생각해 보니 한 생명이 가고 새로운 생명으로 채워지는 것도 나쁘지 않았다. 게다가 싱그러운 초록빛이라 더 위안이 되었다. 오히려 다른 반려동물로는 이 슬픔을 대체하지 못했을 것이다. 한 생명이 주는 책임감과 무거운 중압감을 잘 알기 때문이다.

우리 부부는 그 밤을 마치 처음 아이들이 집이 올 때처럼 필요한 물건들을 고르며 보냈다. 초보자들도 쉽게 키울 수 있는 식물을 고르고, 화분 크기, 적절한 토양, 식물 영양제 등 고를 수 있는 모든 것들은 다 알아봤다. 마지막 가는 길이라고 하니 더욱 잘해주고픈 마음을 담아 골랐다. 하지만 우리는 밀크가 지낼 마지막 안식처를 고르는 날 밤까지도 몰랐다. 다음 날 무슨 일이 벌어질지.

다음 날 오후, 화분과 필요한 그 외 물품들이 모두 준비가 되었다. 이제 밀크를 묻게 되면 다시는 못 볼 테니 마지막으로 밀크의 얼굴을 한 번이라도 더 보려고 햄스터 방으로 들어갔다. 어제와 똑같이 홀덤이가 잘 자고 있었고, 히또도 긴 털을 복슬복슬 뽐내며 잘 자고 있었다. 그런데, 럼이가 움직이지 않았다. 이게 무슨 일인가 싶어서 다시 흔들어 깨워봤지만, 럼이는 일어나지 않았다. 거짓말처럼 럼이는 그렇게 다시 눈을 뜨지 못했다.

이럴 수는 없었다. 대체 왜? 평생 같이 살 거란 생각은 하지 않았지만, 그 이별이 오늘 일 거란 생각은 한 번도 해본 적이 없었다. 오늘은 밀크를 보내기로 약속한 날이었는데…? 오히려 럼이는 밀크나, 히또보다 한참 멀었다고 생각했었다. 럼이는 지금까지 움직임도 전혀 문제가 없었다. 밥도 제일 잘 먹고 신체적인 균형도 좋아서 가장 건강했던 아이였다. 그래서 더욱 큰 충격이 밀려왔다. 밀크를 보낸 슬픔에 럼이가 바로 떠난 충격까지 더해져 다음 화분을 바로 준비해야만 했다. 그리고 그다음 날 히또도 세상을 떴다. 그렇게 삼 남매가 하루 차이로 세상을 떴다.

이제야 상황이 파악되었다. 시간 기간을 두고 한 마리씩 띄엄띄엄 떠나면 우리가 매번 너무 슬퍼할까 봐 3일 간격으로 쪼르르 다 같이 떠난 걸까? 같은 날, 한 배에서 나온 아이들이라 그랬을까. 해씨별로 올라가는 길에 조잘조잘 떠들면서 올라갔겠지. 엄마인 루아에게 잘 찾아갔을까?

 비어있는 케이지가 너무 어색하다. 베딩으로 꽉꽉 차 있어야 하는데, 모래도 맨날 옆으로 흩날려서 잔소리도 해줘야 하는데, 청소할 때 먹이 저장해 놓은 거 찾아야 하는데…. 텅 비어버렸다.

 아무것도 없는 케이지만 덩그러니 홀로 한참은 있었다. 부족한 보호자였지만 정말 너희를 사랑했음을 알아주길 바라며 한 번 더 마음을 전해본다.

 그렇게 우리 집에 새로운 화분이 3개가 생겼다.

9 홀덤이의 마지막 인사

때는 본격적으로 더위지기 시작할 무렵이었다. 우리 부부는 매년 햄스터 남매들이 시원하도록 간이 에어컨을 만들어 줬었다. 배달 오는 아이스팩은 아주 귀한 효자 아이템! 올해도 곧 미니 에어컨을 만들어줄 시간이 다가왔다. 하지만 우리는 에어컨을 만들 수 없었다. 영원한 첫째, 우리 홀덤이가 마지막으로 떠났기 때문이다. 루아 삼 남매가 해씨별로 가고 약 4개월 뒤에 홀덤이도 수명을 다하고 떠났다. 홀덤이는 가장 먼저 우리 집에 왔고 가장 늦게 우리 곁을 떠난 아이였다.

그는 제일 오래 있었지만, 여전히 낯을 가렸다. 그래도 예뻤다. 꾸준히 지켜가는 그 절개가 멋있는 아이였다. 건강하게 있어 주는 것만으로 정말 기특하고 감사한 그 마음을 이 아이는 알까? 착한 홀덤이는 자기 마지막 모습이 볼품없고 초라하면 우리가 너무 마음 아파할까 봐 신경을 쓴 것 같았다. 끝까지 배려심이 넘쳤던 홀덤이는 털 빠짐 하나 없이 곱게, 도도하게 떠났다.

마치 덤이가 처음 집에 왔을 때 모습 그대로 편하게 쉬고 있는 듯한 모습이었다. 이미 생명을 다한 걸 알았지만 자는 것처럼 보였다. 실제로도 처음에는 정말 자는 줄 알았다. 홀덤이가 고통 없이 편안하게 잠결에 갔기를 기도해본다.

새근새근
잠들어 있는 홀덤이.
동그랗게 잘 굴려진
주먹밥 같다.

강형욱 훈련사가 진행하는 TV 프로그램 중에 〈고독한 훈련사〉라는 프로그램을 우연히 보게 되었다. 한국에서 가장 유명한 반려견 전문가인 그도 자신의 반려견들에게는 한없이 아쉬운 마음이었다. 그도 떠나보낸 반려견에게 미안한 마음을 가지고 있었고, 더 많은 시간을 내줄걸, 더 많이 산책해 줄 걸 하는 후회를 하고 있었다. 저렇게 다양한 지식과 경험이 있는 전문가도 이별에는 덤덤할 수가 없구나. 이 슬픔과 공허함은 나만 느낀 게 아니라는 생각에 큰 위로가 되었다.

우리 집에서 새끼를 낳았던 루아가약 6개월 정도 짧은 시간을 함께했었고, 남은 4마리들은 정말 오랜 시간 동안 함께해 주었다. 그로부터 2년이 더 지나 3월에 세 마리가 3일 연속으로 나란히 떠났다. 같은 해 7월에 홀덤이도 마지막으로 그들을 따라갔다. 이들 모두가 해씨별로 잘 가서 새로이 잘 쉴 수 있기를 바라본다. 인간 평균수명으로 보자면 햄스터 수명 2년~3년은 참 짧은 시간이다. 그래도 그들에게 주어진 온전한 시간은 모두 잘 쓰고 갔으니 작은 위로를 해본다. 부디 나와 함께한 아이들의 햄생은 행복했기를 바라며 다음 생에는 더욱 행복한 삶을 살아가길 빌어본다.

 다시 우리 집 화분은 4개가 되었다.

10 에필로그, 다섯 마리를 모두 떠나보내고 그 후

   4남매가 차례대로 해씨별로 떠난 후, 식물들만이 그 자리를 차지하고 있었다. 원래도 조용한 걸 좋아하지만 아이들이 없는 조용함이란 내가 좋아하는 조용함과는 느낌이 달랐다. 생명이 없는 정적처럼 느껴졌다. 그랬던 우리 집에 다시 큰 변화가 생겼다. 결혼 5년 차에 처음으로 아기 천사가 찾아온 것이다. 마치 이별을 너무 슬퍼하지 말라는 듯, 아이들이 떠나면서 주고 간 선물 같았다. 앞에서 루아가 새끼들을 3마리나 낳고 떠난 것처럼, 홀덤이, 밀크, 히또, 럼이 모두 한마음으로 우리 부부의 새로운 출발을 응원하는 느낌이었다.

   내가 임신하고 너무 힘들까 봐 자리를 비워 준 걸까? 실제로 몸이 급격하게 안 좋아져서 초기에 정말 고생을 많이 했었다. 입덧도 견디기 힘들고, 호르몬도 요동을 치며 내가 나를 감당하는 것조차 힘들었다. 당연히 나도 처음이고 남편도 처음 겪는 갑작스러운 변화에 적응하는데 어려웠다. 그러면서 '우리 햄스터들이 있었다면 내가 제대로 못 챙겨줘서 같이 고생시켰겠다.'라는 생각도 들었다.

반려동물이 있는 집에 아이가 태어나면 동물들도 직접적이든 간접적이든 영향을 받으니 같이 육아를 하는 느낌이라고 그랬다. 배려심 깊은 우리 아이들은 우리 부부가 조금이라도 더 태어날 아이에게 집중할 수 있게, 시간을 맞춰서 떠났는지도 모르겠다.

약 90일 후, 우리 집에 새로운 식구가 생긴다. 지금까지의 삶과는 또 다른 새로운 이야기가 쓰일 예정이다. 우리 '로또'가 태어나면 꼭 사랑스럽고 멋진 햄스터 다섯 마리 이야기를 들려주고 싶다.

- The End-

Editor

박현정　@justalittlewhile_3

글을 쓰고 나만의 책을 내는 것이 어릴 적 꿈이였고,
이제는 그 꿈을 넘어 수많은 사람들의 꿈을 이루어주고 있습니다.
앞으로도 많은 사람들의 꿈을 이루어주고, 가여운 생명들을 보듬으며
착하고, 가치있는, 생산적인 삶을 살아가고 싶습니다.

프로젝트

진심

뜨 심

뜨 미

뽀 또

살아있는 모든 생명체에 대한 사랑은
인간의 가장 숭고한 본능이다.

_ Charles Robert Darwin

히 또

청 아

린 아

밀 크

럼

루 아

오 구

오 동

홀 덤

반려동물을 키우기 전에 생각해 보셨나요?

1. 개와 고양이의 평균 수명은 15년입니다.
   긴 시간 동안 함께 할 수 있을지 신중히 생각해 주세요.

2. 수많은 비용이 들어갈 거예요.
   그들 평생의 식비와 병원비, 그 외 각종 비용을 감당할 수 있을지 고민해 보세요.

3. 설마 그들을 혼자 집에 내버려 두시려고요?
   당신이 생각한 것보다 그들은 훨씬 많은 보호자의 애정과 에너지를 필요로 한다는 것을 알아주세요.

4. 반려동물에게 훈련은 선택이 아닌 필수입니다.
   동물이 사람과 함께 평생을 살아가는 데에는 기본적인 훈련이 필요합니다. 인내심을 갖고 그들을 교육할 여유가 있나요?

)유기 동물을 발견했을 때는
어떻게 해야 하죠?

1. 동물보호 복지콜센터 1577-0954로 신고해 주세요.
   센터에서 각 관할 지자체(시, 군, 구청)에 신고 내용을 접수

2. 각 관할 지자체의 유기 동물 담당 부서에 신고해 주세요.
   담당 공무원과 연계된 동물구조단체들이 유기동물을 구조하기 위해 출동

3. 직접 유기 동물 보호소나 동물병원으로 이송해 주세요.
   본인에게 무리가 가지 않는 선에서. 상처를 입은 동물일 경우, 난폭할 수 있으니 주의

우리의 작은 실천 하나가 119 구조대에게 5분의 쉬는 시간을,
유기 동물에겐 더 나은 치료를 받게 할 수도 있습니다.

Epilogue

인간이 반려동물을 키우는 이유, 그것은 인간에게 자아가 있기 때문이라고 한다. 역설적이게도, 동물과의 소통은 인간 자신의 위상을 복돋우고 우리 자신에 대한 많은 이해를 안겨준다고.

생각해 보면, 지금은 기억도 안 나는 아주 어린 아기일 때부터 성인이 되어가는 지금까지 나는 단 한순간도 반려동물과 함께이지 않은 적이 없다. 학교 앞에서 사 온 작고 노란 병아리, 내 엄지손가락만 한 아기 거북, 내 인생의 반을 함께했던, 커다랗고 새하얀 나의 백구까지.

우리는 각자의 시간과 공간에서 각자의 방법으로 서로를 사랑하며 살아가는 반려인이다. 그들과 눈을 맞추고 보드라운 털을 쓰담으며 서로의 체온을 공유할 때면, 그 자체로 살아있음을 느끼는.

이 책을 통해 우리와 당신, 그리고 수많은 존재들이 꿈과 같은 하루를 보냈으면 좋겠다. 언젠가는 지구의 모든 생명들이 이 세상의 모든 행복, 그 이상을 누릴 수 있길 바라며.

〈사랑을 알려줘 너라서〉 편집자, 박현정

우리는 항상 이 자리에서
당신의 진심을 기다리겠습니다.
당신의 이야기를 들려주세요.

사랑을 알려준 너라서

ⓒ 프로젝트 진심 2023

Email : bhy0157@naver.com

Insta : @haileywillbe

발 행 | 2023년 02월 28일
저 자 | 강다현, 뽀또언니, 최혜린, 강선미, 이윤경
디자인 | 박현정 (디자인), 혜캉 (표지 삽화), 권복슬 (일러스트)
펴낸이 | 한건희
펴낸곳 | 주식회사 부크크
출판사등록 | 2014.07.15.(제2014-16호)
주 소 | 서울특별시 금천구 가산디지털1로 119 SK트윈타워 A동 305호
전 화 | 1670-8316
이메일 | info@bookk.co.kr

ISBN | 979-11-410-1796-5

www.bookk.co.kr